李北海

著

天南海北

——人生心语

当代世界出版社
THE CONTEMPORARY WORLD PRESS

图书在版编目（CIP）数据

天南海北：人生心语 / 李北海著 . -- 北京：当代
世界出版社，2024.1
ISBN 978-7-5090-1803-3

Ⅰ. ①天… Ⅱ. ①李… Ⅲ. ①随笔—作品集—中国—
当代 Ⅳ. ① I267.1

中国国家版本馆 CIP 数据核字（2023）第 246241 号

天南海北：人生心语

作　　者：李北海
出版发行：当代世界出版社
地　　址：北京市东城区地安门东大街 70-9 号
邮　　箱：ddsjchubanshe@163.com
编务电话：（010）83907528
发行电话：（010）83908410（传真）
　　　　　13601274970
　　　　　18611107149
　　　　　13521909533
经　　销：全国新华书店
印　　刷：英格拉姆印刷（固安）有限公司
开　　本：710 毫米 ×1000 毫米 1/16
印　　张：17.75
字　　数：204 千字
版　　次：2024 年 1 月第 1 版
印　　次：2024 年 1 月第 1 次
书　　号：ISBN 978-7-5090-1803-3
定　　价：68.00 元

前 言

　　我长期从事党的外事工作，退休后，喜欢读点轻松的书，写点小品、童话、长短句一类文字，以防脑子僵化。有空时和一些朋友喝茶聊天，或通过微信闲聊，偶有心得也写几句，写完后搁置一边。我感觉这种写作方式有三个优点：一是不昧童心童趣，二是不必拘泥格律，三是便于自娱自乐。近些年，随着对电脑的学习使用逐步熟练，存储的文章也越来越多。倘有要好的朋友来，谈到高兴处，会从机器里调出几篇，请教他们，算是一种娱乐。不知是因为客气，还是不忍心批评，他们多在赞美之余，建议我结集发表。抱着与人共乐的心态，再加上现代抄写手段方便，从机器里一查，居然积攒了数百篇。我挑选其中较有新意的作品，汇集成册，献给读者。如果茶余饭后能给读者增添一点乐趣，那我就无比欣慰了。

目录

茶叙集

笔 谈 集

文 创 集

茶叙集

　　我和几位茶友常聚一起，有时也有年轻朋友参加，清茶一杯，谈天说地。由我主答的问题，我筛选了一部分，汇编成"茶叙集"，以问答形式呈现，提问人统称"茶友"。在新冠病毒感染疫情后，茶叙暂停。作品时间，从我退休到新冠病毒感染疫情暴发，跨越近10年。

漫谈男女

茶友：昨天两位朋友下棋时发生争执，引来一群人围观。原来两人因争论男人和女人谁优谁劣，互不相让，竟将棋盘掀翻。您能评评吗?

北海：这是个有趣的问题，我不一定能说清，但可以试一试。我认为男女各有优缺点，但是家庭不和、邻里纠纷这类小是小非难辨对错，难分优劣，只有在大是大非问题上，才能大概率明辨善恶，分出谁是谁非。纵观天下大事，如战争、政变、杀人、放火、抢劫、强奸、贩毒、拐卖妇幼等等，干这类坏事的，我以为男人应占大多数，虽然也有女人，但是只占少数，而且主犯不多。如果做一次全球大数据统计，结果会一览无余。

茶友：那孔子为什么说"唯女子与小人难养也"?

北海：孔子原话是："唯女子与小人难养也，近之则不孙，远之则怨。"南宋朱熹把这段话中的"女子与小人"解释为仆役婢妾。

孔子是圣人，朱熹也极具权威。我只能说这句话有瑕疵，建议改一下就可以了，删去"女子"，可留下"唯小人难养也"，包括了男女中的"小人"，也算是客观、公正了。

茶友：中国古典文学作品中，多有写男女情爱涉及帝王将相、危及江山社稷的，您有什么看法？

北海：我认为中国古典文学作品中对男女关系的描述有许多不公正之处，略举几例：

例一，纣王与妲己。明明是纣王荒淫无道，使商朝覆灭，小说却杜撰出一个狐狸精妲己为他垫背，成为万恶之源。《封神演义》的结局，纣王被封为神，妲己却被姜子牙斩首！

例二，唐明皇与杨贵妃。唐明皇六宫粉黛无数，他却偏爱杨玉环，因为她不仅艳冠群芳，而且才华出众，他们是难得的真爱。大唐发生动乱，应是唐明皇的过失，由他负责；也是那些文臣武将的无能，他们应当自责。怎么非要逼死杨贵妃，让她当替罪羊？

例三，范蠡与西施。中国文学歌颂范蠡，但从道德角度评判，其实此人相当无耻。范蠡拿自己心爱的人西施去使美人计，西施成了吴王的爱妃，帮助越国灭了吴国。但越王勾践其实也是一个心胸狭窄的人，范蠡惧怕，因此带着西施逃跑了，美其名曰"隐士"。

例四，刘备与孙尚香。周瑜无能，孙权无耻，以孙尚香为诱饵，设美人计欲害刘备。但孙尚香不为人所用，决心和刘备逃走。

例五，吕布与貂蝉。王允等人拿一个小女子离间董卓和吕布，先害死董卓，后害死吕布，其实也葬送了貂蝉。貂蝉是可悲的，她应当选择孙尚香的道路，使那伙无能政客的美人计落空。

茶友：这些女子在政客手中，好像被玩弄的工具！怎么会这样？

北海：女子应当有人的尊严。《孙子兵法》博大精深，是兵书的经典，但把美人计列为三十六计之一，应被视为瑕疵。爱情是人所期望的最美好的情感之一，把女子列为龌龊的为政治服务的选项，使人类的良知受到伤害是不应该的。中国施行美人计的第一人是女娲，在小说《封神演义》中，她派遣妲己害商纣王失天下，虽然是神话故事，但开"美人计"之先河。

茶友：能请您再多讲点儿纣王失江山的故事吗？

北海：好的，但我不讲商纣王失天下，我讲《封神演义》。纣王无道应是无疑的，否则怎么会被推翻呢？但是《封神演义》的作者杜撰了一个奇怪的起因：纣王入庙祭祀进香时，忽然看到女娲的神像貌美，提笔写了一首邪恶低俗的淫诗。女娲勃然大怒，认为他是无道昏君，于是派遣轩辕坟三妖迷惑纣王，使他变得荒淫、无恶不作，直到丢掉整个江山，自焚而死。最后轩辕坟三妖遭女娲抓获并被西周处死。

谈真爱

茶友：爱情似乎是古今中外文学艺术的永恒主题之一，您对爱情有什么见解？

北海：是的，中国古典文学作品中写爱情故事的不少，现代文学作品中写爱情故事的更多。古人的爱情表现得过于含蓄，我不喜欢。现代人的爱情表现得过于露骨，我也不喜欢。但是，在表现现代人的爱情的歌曲中，有的歌词还是不错的。有一句歌词是"我爱你，不要问我为什么"，还有一句歌词是"你问我爱你有多深，月亮代表我的心"。前一句说明爱是无条件的，后一句说明爱只有天知道。我以为这两句歌词道出了爱情的某种真谛。

茶友："爱是无条件的"，怎么理解这句话？

北海：我说的是真爱，即两颗真心的相遇。真爱应是无条件的，包括爱对方的缺点。就对爱情的描写而言，《红楼梦》是任何别的小说所无法比肩的。贾宝玉周围有那么多女子，他真心爱的只有林黛玉。黛玉也只爱宝玉。从旁观者的角度看，其实他俩都是缺点颇为突出的一对。黛玉身体不好，三天两头吃药，经不起一点儿风吹日晒。宝玉则没有男子的刚性，经常迎风洒泪，一身脂粉气味。他作为女子配偶，除温柔、体贴、讨人喜欢外，几乎没有能真正安身立命的本事。他们的相爱，实际上排除了相互的缺点，爱的是一颗心。他们志同道合，心心相印，相互的缺点也变成了爱的理由。黛玉多病，所以宝玉更疼爱她。宝玉多情，所以黛玉爱他爱得更痛苦，生怕失去他。

真爱也排除第三者的优点。宝玉身边有的女子优点也相当突出：薛宝钗的美貌亲和、妙玉的高洁出尘、史湘云的热情开朗，还有几位才情出众的姑娘也非常可爱，但都打动不了贾宝玉。直到黛玉死了，宝玉和宝钗已经结合，也弥补不了他心中对爱的缺憾，再加上贾府败落，最后决心出家当和尚。

茶友："爱只有天知道"，是什么意思？

北海：天知道，就是人说不清楚。因此，不少爱情故事有许多荒诞之处。《白蛇传》也是写爱的经典，白素贞爱上许仙，是因为雨中许仙借给她一把伞。她从此爱他爱得几乎丢掉性命，最后被压在雷峰塔下。这类爱，虽然难以令人信服，但说明爱可能包含痴情。只知道爱，爱什么却说不清道不明。因此这种戏现在还在演，也还有人看。

茶友：戏中不是说，许仙曾在前世救过白蛇的命，这算不算天知道？

北海：是的，应算天知道，否则难以自圆其说。《梁山伯与祝英台》是写爱的又一经典，流传至今。但仔细想想，梁山伯有什么值得爱的？完全是个书呆子，怪不得祝英台戏称他为"呆头鹅"。估计他做别的事情也不会有太大出息，虽然也不排除"他是大智若愚"，但概率肯定甚小。可是祝英台爱他的呆，终究为他殉情，成为爱的牺牲品。你能说她不可悲吗？死后的化蝶，算是自圆其说。许多人至今还在为他们流眼泪，只能说：只有天知道。

茶友：爱情在诗歌中也表现得这么悲哀吗？

北海：有啊！《孔雀东南飞》是爱情悲歌的经典。它是一首长诗，仔细想想，这诗不是对爱的歌颂，而是在诉说爱的残忍。《孔雀东南飞》取材于真实的事件，主要讲述了焦仲卿、刘兰芝夫妇被迫分开并双双自杀的故事。首句"孔雀东南飞，五里一徘徊"说明刘兰芝在回娘家的路上踌躇不前，留恋她的丈夫。她回到娘家，娘家逼她改嫁，她践行不再嫁的誓言，投河自尽。丈夫闻讯悲痛至极，上吊死在自家庭院。故事并不复杂，逼得儿子和媳妇双双自杀的人是焦母，她比《西厢记》里的崔母还厉害！崔母只是不允许两个恋人结婚，焦母是硬逼一对夫妻散伙，直至投河、上吊！如果没有这样厉害的老太太，何来千古绝唱的《孔雀东南飞》？

茶友：为什么老太太都这么厉害？

北海：不是老太太厉害，是封建礼教厉害！老太太是封建礼教的代表和执行者。古代儿女婚事由父母做主，如父亲不在人世，母亲便大权独揽。儿女反对就是不孝。百善孝为先，违背母命就是大逆不道！

茶友：封建礼教确实厉害！不过《西厢记》里崔母最后还是让步了，看来《西厢记》可算是爱情喜剧？

北海：不见得！《西厢记》也是家喻户晓的爱情经典。崔莺莺和张生双方确实相爱了，也决心爱下去，可是被老太太整得灰头土脸。幸亏一个聪明的丫头红娘从中周旋，才能有情人终成眷属。

茶友：为什么古人的爱情故事如此悲多乐少呢？

北海：这是一个值得深思的问题，我只能谈两点肤浅的见解。一是自然，算是外因吧。文学艺术来源于生活而高于生活。古人的爱情故事悲多乐少，可能反映的是当时的社会现实，男女之间的美满爱情也难能可贵。二是人为，算是内因吧。经典爱情故事的作者侧重对封建礼教的揭露和描绘，但是忽视了对实现美满爱情的指引。而且社会也缺少为实现真爱而搏斗的土壤，所以故事多选悲剧结尾，或消极收场，或寄希望于化蝶升天一类的神话，让人们在悲痛之余得到一些精神安慰。

人与兽

茶友：有位著名作家谈人性和兽性的区别，他说"食色，性也"，人的本性和兽在"食"上的本性差不多，人与兽的不同之处在于"色"，兽只有"发情"，"色"才适用于人。您认为兽真的无"色"吗？爱情、亲情、友情都没有，只有"发情"吗？

北海：我曾写过一篇短文《思念》，里面谈到鸟兽虫鱼都可能有思念之情。成吉思汗的后代，利用骆驼能辨别自己血亲的天性，为他们识别先祖的墓地，其情景何等悲壮！我再引几则动物的故事，这些动物不仅有本能的冲动，而且确实表现出了深层的情感。这些故事是报纸上报道的趣闻。

故事一：壁虎

日本某户人家为了装修房子，拆开了墙壁。那墙壁中间架了木板，两面是石膏板，里面是空的。当主人拆开一看，发现一只壁虎困在那里。一根从外面钉到里面的钉子，恰巧钉住了那只壁虎的尾巴。主人好奇地看了看那根钉子，感到很惊讶，因为那是10年前盖那栋房子时钉的。主人停止了工作，他想弄明白，完全不能走动的壁虎到底靠什么维持生命。他便在一旁观察，过了不久，不知从哪儿爬来一只壁虎，嘴里含着食物——原来10年来一直是它在喂那只尾巴被钉住的壁虎！

故事二：鸿雁

有一位老人去稻田送粪时发现，有大雁在田里觅食。他回家找出多年不用的捕雁夹，放在稻田里，然后又撒了些稻穗，果然逮住一只。回家途中，老人发现没被抓着的一只雁总跟着他，在上空嘎嘎直叫，轰也轰不走，那叫声凄凉，让人听之动容。老人终于被这叫声打动，就解开大雁的绳索。两只大雁盘旋在高空，嘎嘎叫着飞走了。

故事三：狼

在布朗山上，有只母狼被捕兽夹折断了前腿，而且它还怀着狼崽。这时，猎人们带着猎犬在后面追赶围堵。母狼只得趴在公狼的背上逃跑。猎犬追上来，和公狼展开了激烈的搏斗，公狼咬死四只猎犬冲出了包围。为了救出在厮杀中摔落的母狼，公狼又返回猎犬群中厮杀，耳朵被猎犬齐根咬掉，血染全身，却奋不顾身冲向母狼的方向。母狼已无力爬上狼背，公狼为了保护母狼，结果相拥着被猎犬咬死。

这几则故事说明动物是有情的，亲情、爱情、友情可能都有，只是人们不能轻易察觉到。

茶友：这些故事虽然不可不信，但毕竟不是亲眼所见，您见过动物有情的事例吗？

北海：见过，可以讲我最感动、记忆最深的三例。

事例一：雁群

我的老家在长江边一个不高的丘陵上，下面便是一片冲积平原，那里有肥沃的麦田。每年过往的候鸟很多，其中大雁最普遍，捕雁便成为一些人的副业。我儿时的邻居是外号"鹰眼"的猎手。有一次他猎取了 8 只大雁，他说先击中一只雁，其他雁就会被惊飞。他会趴在地上一动不动地观察雁群的动静，发现雁群会在高空围着那只死雁盘旋。它们希望唤醒它一起飞走，不一会儿便落下来亲近死雁，这时他举枪又击中一只。其他雁被惊飞，他照样趴在地上一动不动……如此反复，他击死一只又一只，直至剩下最后一只。他哈哈大笑说："天下雁最傻，只知亲近，不知死活！"

事例二：黄鹂

1970 年我被下放到"五七干校"，那是一个国营林场，果树很多。那里的鸟叫声令人难以忘怀。其中最多的是黄鹂，叫起来宛转多情，令人喜欢，帮助我们减轻了很多烦恼。

假期有几个孩子到干校看望爸爸妈妈，一天，他们从鸟窝里掏了两只小黄鹂。它们刚刚长起茸毛，已经会吱吱叫，张开小嘴要东西吃了。不仅孩子们爱不释手，给父母们也增添了许多欢乐。正当大家高兴围观时，一只黄鹂飞过来，在房前屋后惊叫，不一会儿又来一只，鸣叫得更加悲切，远处的黄鹂们也发出惊恐之声。孩子们拿起竹竿不断轰赶在头上飞来飞去的两只黄鹂，但它们就是不走，从上午到下午，从下午到傍晚。干校的大人们开始都不吭声，觉得城里的孩子远道来一次不容易，这里又没有什么好玩的，想迁就一下孩子们。到了天黑，他们实在感到黄鹂们太凄凉，便劝孩子们将小鸟送回鸟窝，林子里这才平静下来。想不到第二天一早，那两只黄鹂飞到我们居住的房前屋后鸣叫不止，声音特别清脆，一连几天都是这样，想必它们是懂得感恩的吧！

事例三：黄狗

林场有一只狗，是高大的猎犬，阉割过的，毛色黄黑相间。来人只要主人介绍过一次，它便记得这是它的朋友，下次再见面它就不会认错，大家都亲昵地叫它"黄黄"。它对熟人非常温顺，对生人却很凶猛，连野狗也很少近前。它和每个"五七战士"都很亲热。我们吃饭的时候，它会过来，但是不靠近大家，会保持一定距离。当它走过的时候，每个人都会捡碗里最好吃的东西给它，它也不停留，吃了就离开。

后来黄黄生病了，林场医生为它医治不见效果，渐渐它身体不支，每晚还到林场的小坡上哼哼。我们吃饭的时候，它只能爬到我们跟前，给它吃的东西，它也只是闻闻就爬走了。再往后，它爬不动了，便在我们居住的院子中央躺下了，哼哼的声音越来越凄厉，连它最喜欢的骨头汤也不闻了。我们看它快不行了，就在林场风水最好的一处地方，铺上稻草给它做了一个窝，用担架把它抬过去，让它休息，也省得晚上哼哼得令大家难受。万万没有想到，第二天我们一起床，发现黄黄就躺在我们院子中央，身体已经冰凉僵硬了。此情此景，大家都很感慨："这么远它是怎么爬回来的？它为什么连一点哼哼声都没有发出来？"

茶友：哎呀，这些故事真令人心痛！

北海：是啊，所以说，我们人类真的理解动物吗？我们人类真的在所有情感方面都优于动物吗？我们有什么资格动不动就说某个恶人简直就是畜生，或说某个罪人就是衣冠禽兽？

画 皮

茶友：现在人们在爱情问题上遇到不少难题，其中有一个现象：优秀的女孩反而更难找到伴侣。不知您对这件事怎么看？

北海：我知道这个现象，曾打听过现代的男孩喜欢找什么样的对象。后来才弄明白，原来他们找对象很挑剔，智商比他们高的，他们不要；能力比他们强的，他们不要；个子比他们高的，他们不要；凡有过人之处的，他们都不要。我认为不是他们不想要，是他们心虚不敢要。男孩有这个担心，平日在女孩面前惯于骄傲自大，遇到强者却又胆怯自卑。

茶友：这只是个别现象，还是普遍现象？

北海：这不是个别现象，也还不是普遍现象，但可能会越来越严重。因为有一种现象：女孩比男孩学习成绩好的比例越来越高，而且参加工作之后，女孩表现得比男孩出色的比例也有扩大走高的趋势。

茶友：男女婚恋失衡将来会有麻烦的，难道要女孩降低找对象的标准？

北海：要求女孩降低标准不是个好主意。我们应该引导男孩提升自己，鼓励他们勇敢应对挑战，培养阳刚气质和男子汉精神，避免脂粉气，否则真的会出现"阴盛阳衰"。

茶友：怎么理解您说的"脂粉气"？

北海：打个比方，脂粉气就好似"画皮"表演。《聊斋》里有一个女鬼，她画了一张美女的脸皮，到处勾引男子。如今很多人都在学"画皮"，把一张张空空如也的皮囊，包装得光鲜亮丽。不仅有女人如此，有男人也如此，充满脂粉气。年轻人崇尚模仿，到处可见"小白脸""小鲜肉"。此风不可长，如不彻底扫除，男女婚恋平衡很难实现。

爱的闲话

茶友：您能谈谈人和人的爱情观为什么千差万别？

北海：因为爱情本就千差万别，一个人一个样。但是，我认为人的爱本质上是一样的。异性相吸是人的天性，人类繁衍至今天，全世界 80 亿人，中国 14 亿人，没有男女之爱可能吗？人类最原始的爱应是男女之爱。母爱是最伟大的，但是先有男女之爱，而后才有母爱，否则母亲从何而来？父爱亦如此，其他亲情也如此。人类的起源，家庭的起源，都以性爱为基础。其实人人都有性爱，有的人压抑了性爱，只是因为信仰的承诺，或生活方式的选择。即使他们本人排除了性爱，但是他们作为人毕竟是性爱的产物。

茶友：为什么对性爱有那么多规矩？

北海：这是人与动物的不同之处。动物只会竞争交配权。人的性爱有各种规矩，有的是法理，有的是伦理，这是人类进化和文明的体现。

茶友：所有规矩都合理吗？从什么时候开始定规矩的？

北海：很难说所有规矩都合理，而且时代不同规矩会有变化。什么时候开始定规矩也是说不清的。

茶友：那性爱是否应当完全放开，顺其自然？

北海：那可不行。动物的竞争范围很小、手段有限，不设规范有利于物种进化。人若无规范竞争，那就要天下大乱。人类的性爱必须受到法律、伦理的制约。只有这样，我们才配做文明之人，越过规范就应受到制裁，或为伦理所不容。

美的感受

茶友：我们看到一幅画——《凤凰》，大家都觉得很美，并从不同角度解读这幅画，请您谈谈您的看法。

北海：同样一幅画，大家觉得美，但角度不一样，是因为美感不同。美是多样的，有华贵美、艳丽美、典雅美、文静美、恬淡美等等。最难得的是智慧美，它是一种深层的灵魂美，崇高、神圣、纯洁，是一种大美。《凤凰》包含了各种美，因此能引得百鸟朝凤。

茶友：人的美感主要是靠视觉吗？

北海：视觉只是对美的感觉之一。一见钟情，属于视觉；气味芬芳，应是味觉；还有触觉、听觉等等，对美的判断都会有影响。

茶友：对智慧美的感觉主要靠什么？

北海：我认为除已知的感官外，应增加慧觉。慧觉可能超越其他感官，是深刻的、不可替代的。伯乐相马的故事揭示了慧觉的存在。有的文学天才、艺术天才、体育天才、科学天才开始并不为社会所认识，只是被"伯乐"发现，而后才成为超群的"千里马"。

茶友：您认为有被埋没的"千里马"吗？

北海：我认为从前肯定有"千里马"被埋没，民间有一句口头禅叫"高手在民间"，说的就是高智慧者被埋没的情况。有的古代隐士，如姜子牙和诸葛亮等被请出山，成就了大业，但没有出山的隐士应当更多。现在时代不同了，社会呼唤人才、重用人才，而且信息发达，网络可以触达每个角落，照理埋没高智慧者的概率会很低。不过，有特殊智慧的人，往往性格孤僻，或者有某种偏向，不愿显露于外。虽然人数可能不多，但被埋没却十分可惜。如果开辟某种招贤渠道，以防真正的"千里马"被埋没，这未尝不是"亡羊补牢，犹未为晚"。

自然之爱

茶友：讲了这么多有关爱的故事，您对爱的自然属性有什么见解？

北海：我写了一首小诗，念给各位听听，见笑了。

自然中充满爱

告子曰：食色，性也。

上天造人，分别男女。

身心快乐，繁衍生息。

动物有公母，植物有雌雄。

山川俯仰，日月阴阳。

天乾地坤，运转不息。

万物生机勃勃，宇宙气象万千。

爱是生命之源，

是生物进化之根本。

雄性因爱，而日益健壮。

雌性因爱，而日益娇美。

花草因爱，而更秀丽。

树木因爱，而更挺拔。

英勇的雄狮，为了爱，进行着庄严的决斗。

健美的雄鹰，为了爱，搏击万里长空。

真爱是两颗纯洁的心的皈依，心心相印。

真爱是完整的，是无条件的，

不论外在与内在环境如何变化，

都保持本性，自始至终。

真爱是纯洁的，高尚的，永恒的。

愿天下有情人皆成眷属，人生再无遗憾。

心灵引力波

茶友：有人提出"心灵引力波"的新概念，您听说过吗？是什么意思？

北海：我知道，是作家沈思源受爱因斯坦 100 年前提出的引力波的启发，提出了这个概念。因为 100 年后的今天，科学家正式宣布人类首次直接探测到了宇宙引力波。什么是引力波？简单地比喻，就如同石头被丢进水里产生的波纹，引力波是时空的涟漪。这位作家联想到了：既然时空的这种涟漪会产生能量，那我们人类的心灵（思想与念头）所导致的涟漪也会产生引力及能量吗？

茶友：您认为心灵引力波的概念成立吗？

北海：我认为可以探讨。许多科学新发现，多是先有猜测，后有实证，然后成为公认的真理。实际上已有大量的疑难问题，似乎说明了心灵引力波的存在。

茶友：您能列举出具体事例吗？

北海：人的心灵引力波在时空中可能是一直存在的，突出的表现是人的宗教行为。

伊斯兰教最壮观的场面，是穆斯林到沙特阿拉伯圣地麦加朝觐。这是分散在世界各地的 15 亿穆斯林共同向往的地方。不论身处何方，也不论千难万险，穆斯林一生中至少要争取到麦加朝觐一次。所以年复一年麦加朝觐之日总是人山人海，几乎每年都有踩踏事故，但朝觐势如排山倒海，人潮不可阻挡。这种场面世所罕见。

在藏传佛教最盛行的地区，"磕长头"是信徒们一种虔诚的拜佛仪式。他们通常单身一人或结伴数人，三步一磕头，几百里，上千里，几个月，甚至一年多，风雨无阻，一直磕到大昭寺。在拉萨市大昭寺看到磕长头的信徒，他们从四面八方过来，俱是破衣烂衫、蓬头垢面，但面有喜色，到达目的地时还互相祝福。那真是人间奇观。

茶友：虽然这些壮观场面令人震撼，与心灵感应也有关系，但毕竟是宗教信仰的力量，还不足以证明心灵引力波的自发性。有更自发的行为吗？

北海：有啊，更自发的行为是中国的春运潮。每年的春节，成千上万的中国人从全国各地，从世界各国，奔向一个个不同的地方，那就是他们各自的故乡。奔波的相同目的，就是看望各自的父母和亲人，什么力量也阻挡不了！这不是受心灵引力波的影响是什么？

茶友：应该属于心灵引力波，也是亲情的吸引。还有更具说服力的证据吗？

北海：尤其不可思议的是老子、孔子、释迦牟尼、耶稣，以及古希腊、古罗马的哲学家、思想家。他们的大智大慧大约都产生于距今

2000~3000 年前。那时交通、通讯极其原始，在互相隔绝的世界的不同地区，他们都在探讨人与自然的关系、人与天的关系，留下了宝贵的精神财富。在无限的宇宙中，他们互不相识，为什么都大体在同一个时间段，思索同样或近似的问题？这是不是心灵引力波的作用？

茶友：您能说说，心灵引力波的实质是什么吗?

北海：我认为心灵引力波的实质可能就是"心心相印"。一个人或一群人，内心发出的心声符合另一个人，或另一些人，或无数他人的心意，进而产生一呼百应，甚至无限扩张的效应。这当然是指重大的心灵碰撞所引起的引力波。

春运潮

茶友：每年的"春运大潮"一直是所有媒体的热门话题，您看这样热烈的场面的源头在哪里？

北海：这要从春节的源头说起。春节即中国农历新年。农历又称夏历，是夏朝开创的历法，至今有 4000 多年的历史。因为传统的中国社会是农耕社会，历法中包含了节气变化和农事安排，所以又称农历。新中国成立后，开始采用公元纪年。从此，正式将公历 1 月 1 日定为"元旦"，将农历正月初一定为"春节"。尽管公历新年也放假，也庆祝，但春节在中国人心中仍是第一佳节，也最为隆重。

茶友：是啊，春节始终是中国人最重要的节日！

北海：普天之下，凡有人的地方便有中国人，凡有中国人的地方都要过春节，加上许多外国人也喜欢热闹，有的国家看到华人有钱了，他们也乐意把中国人的春节变成难得的商机，这样一来，春节就走向了全世界。同时，春节回家团聚是中国人的传统，春运大军可谓"浩浩荡荡，人山人海"。短短几天，他们在中国各城乡流动，他们放鞭放炮、舞龙舞狮、载歌载舞，把洋洋喜气带到我们每一个中国人生长、工作、学习、游乐的地方。

茶友：春节期间的人口流动全球罕见。您认为是什么原因产生了这么巨大的推动力？

北海：如果用心灵引力波来解读，我认为春节就是心灵引力波的效应，其核心是对父母的爱，是对故乡的情。人们回乡的主要目的是看望父母，当然也有看望妻子儿女的，没有亲人在农村的，也要看看老家。人们心中有一份割不断的"乡愁"，"愁"字就是我们的根，是我们的魂。不论身在何处，我们都心向家乡，心向祖国，心有落叶归根之情。

茶友：您说回家的主因是看父母，这是春节的本意吗？

北海：是的，过春节原来叫过年。过年主要内容是拜年，拜年的主要对象是父母，向上延伸至祖父母和外祖父母，进一步延伸至亲朋好友。中华民族孝道文化的核心是孝敬父母。百善孝为先，孝是中华民族凝聚力的具体体现，对中华民族影响深远。

拜年往事

茶友：您小时在农村，还记得那时过年的情景吗？

北海：当然记得，那时过年是很讲究的。从腊月二十四小年开始，准备过年。腊月二十八筹备年货。腊月三十吃年夜饭，也称团圆饭，是拜年的开始。

茶友：年夜饭要举行什么仪式吗？

北海：年夜饭，南方叫年饭，很隆重。我们会把最好的饭菜摆出来，最新的衣服穿起来，点燃神龛上的香烛，把供品放置齐备，再在中堂挂着喜庆年画和对联，满屋张灯结彩，全家喜笑颜开。八仙桌在大堂中央，我们首先会请父母入席上座。如果父母亡故，也要摆放他们的碗筷，表示同在；如果父母是当年亡故的，还要专设灵堂。正如孔子说"祭神如神在"，我们祭奠父母时也要像父母还活着一样。全家到齐后，敲磬为号，鸣放鞭炮，由父亲叩拜供奉在神龛中央的神位，拜毕，全家人举杯祝福，一顿热热闹闹的年夜饭就开始了。

茶友：神位是什么？

北海：神位又叫牌位，我老家供奉的牌位是一块精细木牌，上面写有"天地君亲师"五个大字。五位受叩拜的对象中，天和地是虚幻的，君和师是遥远的，唯有"亲"即父母是现实的、亲近的。这说明，过年和拜年的中心意义是感激父母的养育之恩，是行孝道的集中体现。

茶友：这就算拜年开始了吗？

北海：年夜饭结束后稍事休息才正式开始拜年，称为辞年，也就是告别旧的一年。小时候，辞年主要在父亲家族内展开，以祖父为中心，在上两代和下两代即五代人（五服）之间进行。我们对父辈和祖辈要下跪磕头，对平辈可拱手相拜，对晚辈以口头回谢即可。大家说的都是祝福语，实际是套话，但大家都高高兴兴，愿说愿听。晚辈中年幼的还能得到压岁钱，长辈也乐于给，家里人一团和气，互相报以喜庆的祝愿，总是笑声不断。

茶友：家族人多的，能拜得过来吗？辞年要拜到什么时候为止？

北海："穿梭式"拜年，确实非常忙碌，但时间还是够的。大家步子都跨得很快，可以节省时间，而且一直可以拜到亥时，相当于北京时间 21~23 点，不能再晚了。

茶友：大年初一要拜年吗？

北海：那当然，大年初一，即新一年的开始，一大早就开始拜大年，迎新接福。拜大年的范围和辞旧岁相同，还是在父亲家族之内进行，仪式更正规。有来拜者必伴以鸣放鞭炮，在大堂正厅的桌案上摆有茶点，被拜者挽留来拜者茶叙片刻，互相问候，展示深情厚爱，必是喜笑颜开。

茶友：辞旧迎新两大活动，都在父亲家族内部进行，母亲家族那边什么时候开始拜年？

北海：小时候初二开始走亲戚，就是到母亲家族那边去拜年。女儿回娘家拜父母、女婿拜岳父岳母是初二拜年的重点。外甥拜外公外婆和舅父舅母是另一个重点。然后还要拜长辈，范围与父亲那边差不多。这边的长辈见晚辈是幼子还要给见面礼，也都喜笑颜开。

茶友：母亲那边拜完了，拜年就算结束了吗？

北海：拜年还在继续，但是比较宽松了。初三初四，要拜七大姑八大姨了，还可有选择地拜望血缘关系以外的朋友。比较重要的是给老师拜年，要磕头跪拜行大礼，其他则以拱手居多；好友则小聚茶叙，是交友的最佳时机。有些积怨在胸的朋友，如果想重归于好，初三初四拜年便是恰当的时机。

茶友：初五、初六可以休息了？

北海：初五多数人可能会休息，少数人还会利用初五拜拜晚年。除了遗漏的亲朋好友可以补拜晚年，还可以拜望那些较长时间没有见面而有所挂念的朋友，给友谊添柴，给亲情加温，免除所谓"三年不走动，是亲也不亲"的遗憾。初六严格说年已过了，人也累了，该休息一阵子，等正月十五元宵节闹灯了。

茶友：您对现在的拜年有什么看法？

北海：现在拜年很有趣。今年过年，我收到专门给我拜年的微信信息就超过百条，我都以复制的感激语言简短回拜。微信群里拜年的信息太多，我一律以喜庆的表情回应。少数来家拜年的至亲好友，我以茶点相待，不敢怠慢。我深信春节拜年是最好的传统，别的方式代替不了人与人面对面的交流。

过小年

茶友：您还记得从前过小年的情景吗？

北海：记得的，北方过小年在腊月二十三，南方在腊月二十四，童谣唱："二十三，糖瓜粘；二十四，扫房子；二十五，磨豆腐……"唱的就是过小年的事。

茶友：据说从前对小年也很重视？

北海：是的，从前人们很重视小年，认为小年过得好，可保平安过大年。小年主要是敬灶神，欢送他上天言好事。灶神又称灶王爷，是玉皇大帝派到地上的监督官，每年小年晚上，必上天向玉帝汇报每户人家的善恶。民画灶王爷的形象是一个慈眉善目的老人，有时还配上灶王奶奶的画像。有的人家平时不供画像，小年到了临时买一张贴上。

茶友：敬灶神有什么讲究吗？

北海：人们会在灶王爷像前点燃香烛，鸣放鞭炮，虔诚地拜上几拜，然后把灶王画像揭下来，再和用稻草为灶王扎的"草马"一起烧掉，即为"辞灶"，为灶王爷饯行。在这个过程中，人们会说许多奉承的好话，求他"上天言好事，下界保平安""辛甘臭辣，灶君莫言"，拜托他报喜不报忧，保一家平安。

茶友：童谣所唱的"糖瓜粘"是为灶王爷饯行的唯一供品吗？

北海：糖瓜是一种麦芽糖，也叫关东糖，是主要的供品，味道很甜、黏性很大，灶王爷吃了嘴巴就会被粘住，只能少说话，这样他见了玉皇大帝就不会"言多必失"。

茶友：很有意思，灶王爷算是很清廉的了，对老百姓一点儿也不苛刻！

北海：是啊！古代老百姓很实在，日常生活中免不了犯点儿小错误，担心灶王爷打小报告，于是便跟他套近乎，想着仅用糖瓜就能粘住他的嘴巴，让他少说话，或只说好话。

茶友：过小年还有别的习俗吗？

北海：有的，"腊月二十四，掸尘扫房子"，小年第二件要事是扫尘，北方称"扫房"，南方叫"掸尘"。这一天，人们要将屋前房后、里里外外一切不净之处打扫干净，做到一尘不染，同时洗澡理发，寓意除掉过去的晦气。然后贴窗花、写对联，张灯结彩，备好香纸、蜡烛、鞭炮等等。按照习俗，小年拉开序幕，万象更新，人们开始忙年，迎接吉祥的新年。

迎灶神

茶友：今天是正月初四，您能说说迎灶神吗？

北海：正月初四在老皇历中占羊，常说的"三羊开泰"乃是吉祥的象征，是恭迎灶神回来的吉日良辰。这一天灶王爷再度下凡，继续履行监察人间善恶的重任。

在南方，初四不出门拜亲访友。在北方，有灶王爷要点查户口，家家户户都要守在家里的说法。

茶友：迎灶神有什么讲究吗？

北海：有的人家贴灶神新画像，有的贴写有"灶神在此"的红纸，然后焚香点烛并放鞭炮，以示恭迎。这一天，家家要处理掉剩饭剩菜，打扫室内灰尘，清理室外垃圾，还要扔掉一些旧物意为"扔穷"，好让灶王爷高兴，一见新年新气象。

迎财神

茶友：**您能说说迎财神吗？**

北海：俗传正月初五是财神的生日，新年伊始，大小店铺开张都会选择这天。也有些人家正月初四晚上就迎财神，甚至也有提前到初四早晨的。

茶友：**为什么会有这样的时间差？**

北海：因为求利心切，有些人想比别人早一点迎到财神，于是提前了。人们深信，只要能够早点儿迎到财神，财神显灵，便可早发财。

茶友：**迎财神有什么讲究？**

北海：迎财神仪式隆重，有多种供品，香火更旺，张灯结彩，鸣放鞭炮。迎财神，求富贵，人之向往，自古至今，概莫能外。

茶友：**您本人有过迎财神的经历吗？**

北海：有的，普通百姓家里迎财神比较简单，商店企业才有格外隆重的仪式。我小时出门当学徒，每天早起的任务就是给财神烧香、磕头，只有过大年迎财神时，才可看到隆重的迎财神仪式，非常热闹。

祭　祖

茶友：**您能谈谈祭祖活动吗？**

北海：祭祖是中国人表达孝道的一种方式。每个家族都有写在木板或刻在石碑上的先祖灵位，供后人顶礼膜拜。

茶友：**每个家族的先祖是怎么被纳入祭奠的对象中的？**

北海：祭祖活动是一个完整的系列工程，首先要做的是续家谱。家谱是一个家庭的历史。每个家族的每一代，都有文字记载，少数家族还有远古祖先的画像，是流传下来的崇拜对象，也算历史记录。记家谱要保持完整，不得间断。

茶友：**上下几千年，可能有完整的家谱吗？**

北海：在中国历史上，《孔子世家谱》是谱系最完整的家谱，孔氏家族也号称"天下第一家"。历代帝王的家谱属朝廷正史范畴，随着改朝换代，家谱均不能一以贯之。至于百姓的家谱，由于千百年间沧桑巨变，终难有哪个家族能完整地记录自己的历史。

茶友：**这么说来，除了孔氏家谱，就没有完整的家谱了？**

北海：也不能完全这么说，各姓宗族虽然没有贯穿始终的家谱，但会由不断延伸的分支来充实。炎黄子孙似乎有种本能，不论何人何时流落何方，只要在异地建立起家庭，便开始新的家族历史记录，若干代人后便形成新的家谱。家族的分离不断产生分支，导致家谱的碎片化，中华大地到处有宗祠，族族有家谱，但是如果把碎片拼成全图，各家族的来龙去脉仍清晰可辨。所以，寻根问祖成为炎黄子孙的一种天然的心理追求。

茶友：除了家谱，还有什么依据？

北海：至少还有两大工程，一是宗祠，每个姓氏都有，我姓李就有李氏宗祠，又称祠堂，也就是家庙，是供奉先祖牌位的地方，论资排辈，从历代的祖先，一直到当代去世的祖父母。大的家族，牌位可以摆满几十层。

二是墓地，是埋葬先祖的地方，也称祖坟。最早的祖坟是独立的，随后去世的先人坟墓按梯形向四周扩散。如果没有余地，便开辟新的墓地，尽量让本族的后人葬在一起。家族的墓地占地面积大，一般选在山坡或丘陵等风水好的地方，有益于家族的繁荣昌盛。

茶友：各家族的祭祖活动怎么展开？

北海：你们到曲阜市看看祭孔大典就知道了。各家族祭祖活动大体相似，当然规模不同，这要看各家族的大小和经济实力。祭祖实际是各家族最隆重的节日。

茶友：祭祖活动由谁组织，活动在什么地方举行？

北海：各家族按资排辈，自然会有一个核心人物，辈分最高、年岁最大的便是族长。他们身边有几个帮手，都是比较有学问、有影响的，大家比较信任，属于乡贤式的人物，一般由他们安排、组织祭祖活动。祭祖活动一般在家族的祠堂内举行，每年举行春祭和秋祭，五年或十年举行一大祭，大祭的重要内容是续家谱，记载族内人丁的增减与流动，以及族内发生的重大事件。家谱由族长保存，代代传承。

茶友：现在还能见到这类祭祖活动吗?

北海：各家族的祭祖活动可能不大容易看到了，但到曲阜市看祭孔大典便一目了然。曲阜市有孔府、孔庙、孔陵，还组织祭孔大典等。过去各家族的祭祖活动可能就是学习孔氏的。各家族的祭祖活动基本相同或相似，其实帝王的祭祖活动，也大体是这些内容和形式，不过是最高规格的。

茶友：祭祖的传统后来怎么淡化了?

北海：随着社会的变迁，城市化进程加快，农村人口流向城市，导致农村人口空心化，使得祭祖活动成为一个遥远的故事。可喜的是，我们继承了中华民族祭祖与孝道文化的最重要形式，每年还在祭奠黄帝、炎帝，祭孔大典和纪念屈原等传统也得以传承。

茶友：祭祖的重要意义是什么?

北海：中华文明在世界古老文明中，是唯一没有中断的文明，祭祖与孝道起了极大的作用。其他古文明顶礼膜拜的，是诸神或宗教，而中华文明与其他文明的不同在于祖先崇拜。所以寻根问祖，落叶归根，数典不忘祖，寻求民族认同感是祖祖辈辈一脉相承的。祭奠黄帝、炎帝，就是呼唤海内外的同胞，要为中华民族的伟大复兴同心协力。祭祖与孝道文化，仍然具有重大的现实意义和长远意义。

不惑之年

茶友：孔子说"四十而不惑"，怎么理解？

北海：借这个话题，我们共同探讨，加深对人生的理解。孔子谈他的治学经历，从"十有五而志于学"到"三十而立，四十而不惑"……一直到"七十而从心所欲不逾矩"。其中"四十而不惑"承上启下，是很有意义的。

茶友："不惑"是怎么承上启下的呢？

北海："四十而不惑"从"三十而立"来，往"五十而知天命"去，所以是承上启下，这是人生的重要阶段之一。人生如同爬山，从下往上爬。从字面看，孔子是说四十岁对世事不再有疑惑了。孔子所谓"不惑"，可能也包括对内在的疑惑。我认为，人也会被内在的假象迷惑，例如贪婪侥幸、偏听偏信，甚至不切实际的幻想等等，都是内在会让人迷惑的假象。许多人终生迷惑，"聪明反被聪明误"就是内在的假象所致。人只有不为外在的假象和内在的假象所迷惑，才能走进"不惑"之年。

茶友：从字面理解很有意思，这句话还有更深层次的意义吗？

北海：孔子所谓"不惑"，是从"三十而立"来的。"立"一般解读为独立思考，我认为还可能包括立志、立业、立言、立德等含义。因为他讲的是治学经历，这些都是他治学的内容。在三十岁到四十岁这个阶段，他仍处在迷惑中，可能有过犹豫不决、苦恼失望，甚至不知所向，总之没有完全走出迷茫。他摸索了十年，到了四十岁，终于达到"不惑"的境界，这是他治学的一个阶段性成果。

茶友："不惑"之后再也不会迷茫了吗？可是他又讲"五十而知天命"，能否理解为四十岁以后在很长时间内是不知天命的？

北海：孔子接着讲"五十而知天命"，这是"不惑"十年后的发展，思想境界进一步提高。我以为"天命"就是上天的意志，也可视为世间万物的运行规则，即道，所以人的行为要合乎天命。释家称天命为空，大彻大悟就是空，是完全知天命。此后，"六十而耳顺""七十而从心所欲不逾矩"，成为大智大慧，知天知地知人知己，知进退识取舍，随心所欲而不会违背天命的人。

茶友：不惑之年确实很重要，现代的人有可能成熟得更早吗？

北海：有位朋友在聚会时，在桌上点燃一炷香，香烟袅袅，他请大家伸手去抓，大家一无所获。他说这象征世间万物，都是抓不住的，人的地位、金钱，甚至生命都是抓不住的，唯一可以留下的是人的思想。孔子的思想流传至今，其他的思想家、哲学家的思想也都在影响着千秋万代。后来者继往开来，不断创造，不断超越。长江后浪推前浪，世上今人超古人，"俱往矣，数风流人物，还看今朝"。

寿与吃喝

茶友： 您相信有非常高寿的老人存在吗？

北海： 我想应当会有，将来更会有。当代人认为的极限不一定是未来人的极限。我猜测有非常高寿的老人存在，将有新的纪录打破者。非常高寿者必是生活在自然中，一定不是靠养生、吃药、打针，躺在病床上，身上插满管子，延长着百岁以上的余生。

茶友： 您这么相信自然？

北海： 说到底，健康长寿要靠自然，要亲近自然，顺乎自然。无忧，无虑，无烦恼，心平气和，不贪，不嗔，不自扰，这样才能延年益寿心不老。

茶友： 有位老人介绍自己长寿的经验，说他从羊的悲鸣声中感受到杀生残忍，从此一生吃素，所以长命百岁。您认为吃素会长寿吗？

北海： 这位老先生因吃素而长命百岁是很宝贵的经验，非常值得赞赏。同时我们也知道，有些百岁老人是不吃素的，甚至喜欢吃荤。所以，我认为长寿不必刻意追求，也很难复制他人的经验。想要长寿，就得遵从自然，吃喝虽然重要，但关键是不要逆天，这样人大体可以长寿，至少可以寿终正寝。

茶友： 佛教是主张吃素的，您怎么看？

北海： 佛教是宗教，吃素是信仰所致，属于不杀生，是主要戒律之一，并不是刻意追求长寿。一般人不用遵循这条戒律，吃荤吃素也不一定与寿命有关，但是具体吃什么、吃多少，荤素要得当。从前比较穷，没有可选择的，荤素自然都会得到控制，那时人的寿命也短，活到六七十岁很不容易。现在的人得的多是"富贵病"，营养过剩了，不是荤素的问题，而是营养不平衡的问题，而且因人而异。

茶友：您觉得怎样才能做到营养平衡呢？

北海：现在讲营养学的专家太多，针对不同人群有不同的建议。我认为从实际出发，我们最好征求医生的意见，试吃一段时间，再作适当调整，这样才能取得一个营养较平衡的食谱。

茶友：只要吃得健康，长寿就有保证了？！

北海：长寿谁保证得了！长寿要靠天，靠自己。关键不在吃喝，而是吃饱吃好了之后干什么。如果行善积德，所作所为为天理所容，自己可以心安理得，自然便可长寿。如果吃饱喝足、身强体壮去干坏事，那迟早会遭到报应，必然引灾折寿。

茶友：好严厉的警告！

北海：人们期盼长寿，千方百计求助营养滋补，或药物保健，或忌荤吃素，少数人可能有所收获，但终究长寿者不多。其实人心才是根本，心保持善良平和，清净一生，自然可以消灾灭祸，益寿延年。人超百岁，与其求诸外，不如求诸己。

谈　梦

　　茶友：看了您推荐的《梦醒记》很有意思，您说"梦是智慧的来源"，有什么根据吗？

　　北海：我说的是，梦可能是智慧的来源之一，这是我读了《梦醒记》后的感叹，因为整部书写的全是梦，令我十分惊异，我便联想到了梦。梦大概人人都会做，但不是人人都会写。

　　茶友：从前也有人写梦吗？

　　北海：有啊，中国古代写梦最出名的应当算是庄子了。他梦见自己变成了蝴蝶，但是他又产生了怀疑：究竟是自己在梦中变成了蝴蝶呢，还是蝴蝶做梦变成了自己？

　　茶友：古代写梦的也有诗人？

　　北海：中国的诗人、词人有的也写梦，但写真实具体的梦的不多，主要是借梦抒情。中国古代四大名著也有跟梦有关的。《红楼梦》

以甄士隐的梦中见闻，引出全书的故事。《西游记》中，魏征因为在梦中误斩了龙王，龙王告到阎罗殿，冥王拘唐太宗三曹对案。唐太宗看到受苦受难的鬼魂，起了怜悯之心，回到阳间后，决定派人到西天取经。《三国演义》中，半人半仙的诸葛亮就常常说些半梦半醒的话，谁能说清他为什么登上七星坛就会借来东风？

茶友：看来古往今来人们对梦都感兴趣！

北海：所谓梦，可以说古往今来人人可能都在做，但是谁也说不清梦是什么。像《梦醒记》作者这样专门写梦，记载自己的梦境，展现给读者的，恐怕还是第一人。作者思路飘然，文笔流畅，把读者带入捉摸不定的梦幻世界，共同体验这些个人独有的梦境，一起分享梦中的欢乐、悲哀、沉思与幻想，这不能不说是梦传递给人的智慧与真知。

缘 分

茶友：有人说，在梦中相见应该是有"缘分"，您对缘分怎么看？

北海：佛家讲究缘分，认为有缘才相逢。我曾有幸拜会一些寺庙的长老，他们一见面都称"有缘"。我也只当俗人见面称"你好"，以回敬他们"有缘"，但从未深究有缘是什么意思。如果认真想想，我以为缘分可能就是机会吧，或者说是概率，中国有十四亿人，两个人能相识的概率是很低的，机会难得吧！

茶友：您有缘在梦中见过什么人？

北海：有一天我和几位老朋友相聚，闲聊到做梦，我提了一个问题：我们之间有没有人互相梦见过的？大家互相瞧了瞧，都说没有。一位朋友说："看来我们无缘在梦中相见。"另一位朋友说："谁叫咱们都是男人呢！"大家听了哈哈一笑。这当然是笑话，但是否在无意中也透露出梦的某些真相呢？在梦中相见要"有缘"才行。

茶友：那您都梦见过什么人呢？

北海：我梦见得比较多的，是许多不认识的人。从未谋面的人，为什么会进入我的梦呢？他们同我有什么缘分吗？我猜想梦可能具有遗传性，可能是祖先通过基因遗传下来的人际关系。我的祖辈一定有很多亲人、朋友，他们将其中关系最密切、印象最深刻的那些人，通过梦告知了我，让我记住。

茶友：有梦见过现实生活中的亲友吗？

北海：梦见现实生活中的亲友的次数很少，为什么？我想可能遗传的程序还没完成。我们这些人，有可能在我们的后代，不止一代，甚至若干代之后的梦中出现。不过那时，我们也成为他们不认识的人了。就连我们曾经爱过的人，当我们在他们梦中出现的时候，他们也会奇怪：怎么闯进我梦里的？

茶友：有令您高兴的梦吗？

北海：最令我高兴的，就是梦见我母亲。我母亲去世 30 多年了，我们常在梦中相见。这弥补了她在世时，我们母子相见太少的缺憾。但是，梦见父亲的机会几乎没有，可能是因为我 6 岁时父亲就突然去世，记忆还来不及留下痕迹。

茶友：有做过美梦吗？

北海：我是个多梦的人，从小就好做梦，至今仍是如此。梦虽然千奇百怪，但美梦居多，跟爱情、亲情、友情相关的都有。此外，还有重要的一类，是那些美丽的风景，赏心悦目，妙不可言。偶尔也有穷山恶水，令人触目惊心。在现实世界中，我到过很多地方，但梦中所见，现实世界未曾去过，可看到那些地方往往又有点儿似曾相识的感觉，令人百思不解。当我在这些地方游逛时，单身一人居多，不时也会遇到几个游客，偶有可敬长者出现，笑容可掬，好像义务导游似的。醒来之后，我总回味那些美丽的地方，为什么会在梦中出现？有什么缘分吗？

茶友：您说梦千奇百怪，是指噩梦吗？

北海：噩梦确实不少，我所害怕的梦多与野兽有关，通常是被野兽追赶，无处躲藏。我从小并未和野兽打过交道，毕生未同野兽有过惊险遭遇，白天也很少想到野兽。但是为什么野兽常在我梦中出现？是我同野兽有什么缘分吗？我猜想可能和祖先有关。达尔文不是说人是从猿进化来的吗？进化到我这里，何止经历百代、千代、万代。我们的祖先同动物相处的年代应当很久远了，必有很多同动物搏斗的激烈场面，很可能有的祖先将其中最惊险的片段深深留在基因里，不时让他的后代看看，想让后代记住他那时的艰辛！这是不是也可以叫作有缘呢？

茶友：这可能涉及梦的来源了，很值得探讨！

北海：我做过最可怕的梦，是那些看不清面目的怪物，有时从前面向我扑来，把我扑倒在地；有时从背后追赶，穷追不舍。有时我明明知道自己是在做梦，但是怎么挣扎都醒不过来。有一年回家，我在梦中大叫，把母亲和哥嫂都惊醒了，他们把我叫醒，母亲还起床烧香祈求平安。我无法理解这奇怪的场面从何而来，是儿时受过惊吓吗？还是哪位祖先受过伤害留下的阴影，挥之不去？

茶友：梦涉及的问题可能更深远了！

北海：梦，实在太离奇。我认为文字和语言都无法描绘梦的全貌，哪怕是其中一个梦。如果有人进行一次调查，对每个人的梦境进行统计，我估计结果可能是，没有一个人的梦与另一个人的梦会是相同的，而且每个人的每一场梦也不会有相同的。梦要占去我们人类不少时间！梦究竟是怎么回事呢？梦里所见同我们有缘吗？人类何时才能解开梦的奥秘？

梦与人性

茶友：刚才问大家美梦，都说无可奉告。问噩梦，有人说曾在梦中掉进蛇窟，有人梦中误入地狱，有人梦中跌下悬崖。这是怎么回事？

北海：这说明梦是没有边界的。梦以两种形式出现：一种是有序的，多是美梦，好似一部情节生动的电影，梦者本人就在其中，自己感觉很舒畅；另一种是情节错乱、模糊不清的，有时还会有毒蛇猛兽追赶，神鬼出没无常，比恐怖电影还吓人。

茶友：是不是人的精神出了什么问题？

北海：据说有的人会梦游，甚至有的人在梦中走出家门，挑水做饭，做着正常人的劳动，然后回到床上接着睡，第二天醒来，人们问他，他却什么也不知道。我猜测精神错乱的人，可能有时会做正常的梦，欣赏情节优美的梦境，只是醒来的时候又回到了精神错乱的状态。正常的人有时也会做噩梦，遭受精神错乱的痛苦，只是醒来时回到了正常的状态。

茶友：这有点令人惊异！为什么会这样？

北海：梦的有序与无序，不以人的意志为转移。正常人暂时的精神错乱，精神错乱的人暂时的正常，说明在人的潜意识里，有序与无序可能是并存的。如果分别定性为良性和恶性，我们就会发现，有序与无序其实就像良性细胞和恶性细胞同时存在于人体一样，存在于我们的意识中。这可能对于我们理解人性的善与恶有重要意义。

茶友：这是独到的见解！

北海：有的人很善良，有的人很恶毒；有的人从善变恶，有的人从恶变善；有的人有小聪明，有的人有大智慧。这是为什么？梦似乎可以帮助我们了解这些差别和变化的真相。在梦中，正常人为什么暂时精神错乱，因为他暂时陷于无序状态。而精神错乱者暂时恢复正常，则因为他暂时回到有序状态。如果有一种录像机，能把每个人的梦境录制下来，那我们看到的画面肯定会比任何荒诞的电影更加离奇和生动。这说明人是在精神错乱与精神正常的交错中漫游的。

茶友：很有意思！

北海：如果把梦境延伸到现实生活，就会出现善与恶在人性中的经常碰撞。人们常常感叹："人生就像一场梦！"其实这是对人生与梦的真悟。有人一辈子善良，有人一辈子恶毒，这类终身善恶者，可能不会是多数。许多人可能是在善与恶之中不断奔波。有的人经常表现出言行不一的特点，可能是内心善与恶交错的流露。有的人可能一生都在善与恶之间挣扎，直到人生终点，才"盖棺定论"。我们看到，有的人一辈子都在做好事，但是一念之差，最后做了一件坏事，陷于身败名裂。也有恶人，突然醒悟，"放下屠刀，立地成佛"。这不正是我们在梦中似曾相识的情景吗？

茶友：人怎样才能扬善去恶呢？

北海：对于美梦或者噩梦，人处在被动状态，无法施加干预。但对于人性的善与恶，人处在主动状态，人的意识可以实行干预。人性的善与恶之所以可控，其实只在一念之差。善的主要动力是无我的意识，恶的主要动力是贪婪，人类一切恶行由此产生。要保持人性的善，就必须保持醒悟状态，才不会像在噩梦中一样失去良知而陷于错乱。

良 知

茶友：**最近一段时间，不少官员纷纷落马，您能谈谈人为什么会犯错误吗？**

北海：人非圣贤，孰能无过，是人就难免犯错误，但是真正犯错误的，是那些不知修正自己的人。所谓修身、修心、修德，都是在讲如何修正自己，人的一生是不断修正自己的过程。

茶友：**怎么理解人一生都在修正自己？**

北海：据说有人做过实验，将人的双眼蒙住，让他在空旷的大地上正常行走，如果一直走下去，只要有足够的时间，最后他就能回到原地。因为一般人行走时会自动发生微小的向右偏离，积少成多，结果走成一个圈。现实生活中，很少看到有人走成圈的，除非有意为之。这是为什么？因为在行走时，我们依靠双眼，无时无刻不在微调自己的方向，使自己能够准确地到达目的地。这种微调，我们感觉不到，因为已经习以为常。幼儿时我们还没有养成习惯，常常靠大人的帮助来矫正方向。盲人手中的竹竿，不仅向前方探路，而且向两侧敲击参照物，确保正确的方向。人走了一辈子路，就是在不断修正自己的方向。

茶友：**这是讲走路，人的生活行为和社会行为也是这样吗？**

北海：是的，人的生活行为和社会行为一般也有偏离正轨的倾向，人会不知不觉地偏离道德和法律的正轨。如果不及时调整，积小成大，就会构成大错。实际上我们无时无刻不在调整自己，有时是强制的，有时是自觉的。就是圣贤，也在不断修正自己。孔子的得意弟子曾参曰："吾日三省吾身。"圣贤提倡慎独，不管客观环境如何恶劣，自己也要独善其身，出淤泥而不染。

茶友：这种自我修正的过程有什么表现？

北海：最常见的是，人们为自己做错的小事向对方道歉；人们反复修改自己的文章拿出去发表后，再版时还要作修改；父母打骂孩子之后，又去安慰孩子；夫妻吵架后，又相互妥协。这些行为实际上都是自我修正的表现。

茶友：人靠什么来修正自己的不良倾向？学习吗？

北海：学习当然重要，学习可以提高觉悟，获得有关道德规范和法律的知识，帮助自己明确方向。人一旦陷于愚昧无知，就容易做出违背道德和法律的事。但是，在实际生活中，缺德和违法者，有知识、有学问、有地位的大有人在，为什么？用老百姓的话说，就是"没有良心"。

茶友：老百姓是这么说的，看来人的行为修正主要靠良心，那良心又是什么？

北海：良心是什么？我想就是良知吧，它是人固有的、与生俱来的，是人性善的一面。良心或良知好比我们的一双眼睛，随时可以修正行为的偏差，但是良知常常被人性恶的一面蒙蔽。社会所有丑恶现象的存在，应该都与良知被蒙蔽有关。

茶友：人性恶的一面又是什么？

北海：是贪婪，贪婪好似一块黑布蒙蔽眼睛，蒙蔽着良知，使人的行为偏离正道。大恶，多从小恶开始，由于没有及时修正，以致渐行渐远。如不去除蒙蔽、回到正道，一定会走进黑暗的深渊。冲动有时也会使人的良知被蒙蔽，行为发生偏差。侥幸心理常使良知摇摆于善恶之间，明知恶行不可为，却心存侥幸，以为别无他人知晓，从"只此一回"开始，再也收不住脚步，向偏离的方向越走越远，直至身败名裂。

茶友：有办法挽救吗？

北海：如良知一时被蒙蔽，可先让心平静下来，最好先睡一觉再作打算。睡眠使人处在平静的状态，醒来时好好想一想，这是良知回归和澄清的最佳时刻。醒来时，我们感到头脑清醒，能心平气和地处理发生的问题，往往会事半功倍。

关于宇宙

茶友：您说人有超越生存需要的智慧，是因为有更高远的目标，那就是认识宇宙、探索宇宙。您能谈谈对宇宙的看法吗？

北海：我认为，人有五官，现在有人称有第六感官或第七感官，即使人有更多感官，却很难突破人的感官的局限。人类对宇宙的各种假说，一般局限在感官的范围内，所以难以想象和理解宇宙的无限。

茶友：宇宙是什么？

北海：宇宙就是宇宙，是时间的无始无终、空间的无边无际，是包含一切的永恒的存在。

茶友：不是说宇宙始于大爆炸吗？

北海：宇宙在大爆炸之前可能就存在。

茶友：地球在宇宙中处于何等地位？

北海：地球在宇宙中不过沧海一粟，但是地球很重要，地球有适宜的环境来孕育生命，是全人类及至所有地球生物的家园。

茶友：在宇宙中有外星人吗？

北海：现在人类正在寻找外星人，对其他星球来说，地球人可能也是外星人。

电脑与人脑

茶友：**请您说说电脑和人脑的关系，好吗？**

北海：我不懂电脑技术，只能说电脑是模仿人脑的，昨天你的电脑出现差错需要修复的事，对我思考人脑的活动很有启发。电脑因操作失误会使信息丢失，当然丢失的信息是可以恢复的。这给我们一个启示，如果人生了病，大脑里的信息也会丢失，病治好了丢失的信息也会恢复。这说明信息是物质，不论电脑或人脑处在什么状态，信息都存在，只是能否被接收的问题。

茶友：**为什么只是能否被接收的问题？**

北海：也就是信息能否显示的问题。手机的出现，使人们的交流更加畅通，同时也带来新的问题。不久前我的手机丢失了，找不回来，把我急坏了。存在手机内的大量信息不知会不会丢掉，我只好买了一部新的手机，继续用原来的手机号，经过一些操作，那些丢失的信息全部回来了。原来所有信息都保存在"云"里，真是太神奇了！

茶友：**确实有了新手机就可以接收旧手机原有的信息！**

北海：这不禁令人遐想，在未来会不会存在这样一种情况：一个人死了，他的记忆以某种形式保存下来，如果换一个新的身体，通过一定程序，也许可以把他原来的记忆找回来，甚至新的身体继续使用他的记忆。

茶友：电脑信息由"云"海量保存，电脑信息完整的转移现在就可以做到，但是大脑信息可以保存在什么地方？

北海：这不是我们操心的事了，到时自有后来人去解决。我现在感兴趣的是，电脑的运作使我们看到信息也是一种物质，是一种永恒的存在。实际上时时刻刻都有无数的信息产生，只要有接收的办法就可以收到。

文化与人格

茶友：今天请您谈谈文化与人格的关系。

北海：我认为，这要从文化与文明二者的关系说起。文化与文明这两个概念可以通用，有时互相重叠或互相包容。但在评定人格时含义有所不同，文化属于知识的范畴，而文明则属于道德的范畴。一个受过良好文化教育的人，一般应当有良好的道德修养，但是两者不一定成正比。有一些文化程度高的人，仍然会有不文明、不道德的行为。相反我们也看到，有些文化程度不那么高的人，书读得不多，从事的职业也不令人羡慕，但是他们的道德修养和思想境界，不见得比某些文化程度高的人低。

茶友：做出与所受教育不匹配的这类行为是不可避免的，还是可以克服的？

北海：我认为，完全避免这类行为很难，因为这与人性恶的一面有关，但是可以克制或防范，关键是教育和修养的全面性。从这个意义上讲，任何人包括文化程度高的人，不要以"有学问"自居，而需要努力提高道德修养。反过来讲，文化程度不那么高的人，在努力学习文化知识的同时，也要加强道德修养。

茶友：您认为道德修养对文化与文明水平的提高有什么作用？

北海：我认为道德是文明的核心，也是文化的核心。道德修养是文化与文明水平提高的根本。古人说"修身、齐家、治国、平天下"，修身是根本。一个孩子生下来，在进入社会之前，首先接受的是家庭的教育。他的父母，他的家人就是他的第一位教师。古人非常重视孩子的教育，包括周边环境对自己孩子的影响。孟子小的时候，他的母亲为了给他创造一个良好的环境，多次搬家，寻找好的邻居。她不完全是为了孩子的学习，更多的是考虑让孩子从小就拥有一个好的道德教育环境。

茶友：道德教育确实应从家庭开始，您怎么看待社会环境的影响？

北海：社会环境十分重要，人不是独居动物，不是独行侠，人是社会的人，出了家门就是社会，社会大环境随时随地在影响每一个人。现在充斥于市场的大量"文化产品"，从文化这个概念上来讲，可能还说得过去，但从文明的角度来讲，可能就不是那么回事儿了。我认为，文化作品、艺术作品，应当是人们呕心沥血创造的智力劳动成果。它不仅给人以知识，而且给人以道德的启迪；它不仅给人以快乐，而且给人以精神的慰藉。

无我与有为

茶友：古人说"学然后知不足"，您怎么理解？

北海：我的理解是学无止境，学到的知识越多，人越感到不满足。宇宙实在太大了，人类发现的奥秘越多，越感到知道的太少。我们周围究竟有什么？我们的感官所及非常有限，就算靠各种仪器仪表探知的也并不是全部。人类最无知的是对自己的不知，以过度的自我意识凌驾于万物之上。

茶友：有人主张"无我""忘我"，您看这是不是对过度的自我意识的抑制？

北海：我认为"无我""忘我"这两个概念，是从不同角度正视自我。无我是一种境界，忘我是一种精神。无我、忘我，都是人内在智慧的体现，同时认识到自我的局限。

茶友："无为"对人有什么意义吗？

北海："无为"是道家提倡的处世原则，即顺应自然，不求有所作为。陶渊明创作的《桃花源记》，通过对桃花源生活的描绘，表达了对这类生活的向往，但他明确告诉读者，再没有人能找到那个洞口。从前西方有人提出过"乌托邦"的主张，类似无为而治，并做过模拟试验，但没有成功。无为而治主张中的天人合一思想，对人和自然和谐相处具有深远的指导意义，是对人过度的自我意识最早发出的警告。

茶友：您对"有为"和"有所作为"怎么理解？

北海："有为"和"有所作为"两个概念相通，是人对自我的适度认识，既不过度自我抬高，也不过度自我贬低，主张人在客观世界适度发挥主观能动性，获取一定成功，适可而止，知足常乐。这类观念，符合中庸之道，避免过犹不及，为古代一些人士所推崇。急流勇退或功成身退，往往是这类人士的适时选择。

茶友：您对实现人和自然的和谐有什么展望？

北海：我认为，人类一直处在认识自然和认识自我的过程中，实现人和自然的和谐将是一个持续的过程。只要人类存在，这个过程就会延续下去，天人合一应是理想的终极目标。

做个有心人

茶友：您说过"应该做个有心人"，今天就请您说说这个话题。

北海：这是前几天我参观一个朋友的摄影展后，偶发的一句感叹。他是著名主持人，我过去并不知道他还爱好摄影，而且孜孜不倦地投入拍摄活动中，从 16 岁开始摄影，直到如今 70 多岁，他的摄影作品从未间断。他的展品包罗万象，是对他丰富多彩的旅程的记录。揭幕式上我坐在他的身边，我对他说："老弟，我看你的摄影展感慨良多啊！"他问："主要感想是什么？"我说："你是个有心人啊！你到过的地方我都到过，你见过的东西我都见过，唯一不同的是你有心，我无心。你记录了你的旅程，你成了摄影家，我只是个看客啊！"这是我当时发自内心的感慨。

茶友：爱好摄影的人不少，但像他这样坚持几十年的，的确是有心人才做得到！

北海：其实，"做有心人"是许多人的一条成功经验。我的朋友中，好几位都是因为"做有心人"而从大众中脱颖而出。我讲这些，没有别的意思，只是感叹一个人的有心原来可以很有意义。我现在老了，有心已晚。年轻人，来日方长。我感觉文学是个用心和积累的过程，用心体察，用手记录，天长日久，想必会聚水成河、垒石成山！大概这就是古人所说"苍天不负有心人"吧！

劝　学

茶友：您经常劝大家读书，今天请您谈谈"读书"这个话题。

北海：我小时候没有受过系统的教育，后来虽然靠自学考上了大学，但总感觉先天不足。现在我想多读点书弥补，可惜精力和眼力又不允许，读书的愿望始终没有得到满足，所以我常劝年轻人多读书。

茶友：不过您确实读了不少书。

北海：我读的书不算多，但总想多读点书。人为什么要读书？我认为阅读应当是人的本性，是人区别于动物的天然属性。远古时期，没有文字，更没有书，但是人类一直在阅读，观天、观地、观万物，那就是一种原始的阅读形式。人类由阅读自然，而开始记录身边发生的事件。这就有了我们知道的各种有关汉字起源的传说，比如"结绳记事说""契刻说""仓颉造字说""河图洛书""八卦说"等。

茶友：您这是说到文字的起源了！

北海：从简单的记录发展到思考的需要，人类发明了文字，进入了思想飞跃的时代。老子的"道"、孔子的"仁"，以及历朝历代的文学创作，构成了中华智慧的宝贵结晶，与世界范围内的先贤们一起共同造就了人类智慧的宝库，并通过各种文字传播于天地间。有了文字，人的智慧就获得大发展、大传播，我们要继承，就一定要多阅读、多写作。

茶友：坚持看书确实不容易，写作就更难了，现在的人整天都在忙，哪有时间？

北海：我常劝青年朋友多读点书、多练练笔，思想和能力会得到提升。有人听了我的劝告取得成绩，也有人说我建议虽好，但是没有时间。时间有无是个认识问题。我原来以为工作越多，自己的时间就会越少。后来发现，工作中接触的人越多，做的事越多，自己增长的见识也越多。时间好像一块木头，看似没有缝隙，其实有了钉子，再加一把锤子，到处都可以钉进去。坐在车上，有的人在睡觉，有的人在看书。平时在许多场合，有的人在玩游戏，有的人在看书；有的人有说不完的闲话，有的人在看书。当然不是说人不应当休息，只是说无论怎么忙，休息之外，总还是可能挤出时间的。过去说知识就是力量，现在说知识就是财富。现在是知识的时代，一个有志者一定要不断丰富自己的知识。

茶友：那写作的意义是什么？

北海：我认为经常写点东西对人很有好处，不是为了写书，而是为了锻炼写作、提高思维能力。时间久了，写作也变成一种休息方式。写作是一种练习、一种学习方式，写什么，写长写短，写什么体裁，都没有关系。总之，读和写可以增长知识，可以修身养性，可以使人快乐，可以使人获得成功。

幸福趣谈

今天有两位新朋友参加茶叙，一名光，一名柳，都刚退休，茶主向大家做了介绍，并请大家喝茶。

光拱手笑道："各位都是老师，初见面，今天我请教各位，什么是幸福？"

主持笑道："来者不善，请李老师回答！"

北海笑道："年纪轻是幸福，你们两位新朋友最年轻，就是幸福！"

光笑道："回答错！年纪大喝茶聊天，你们最幸福！"

柳笑道："建议停止争论，请大家谈谈什么是幸福？"

主持说："好建议！请你先说说你的幸福观，大家都参与。"

大家鼓掌。

柳说："我认为幸福有四大要素，顺序是，信仰、健康、家庭、朋友。我信佛，佛在心中，不论有什么烦恼，我口念阿弥陀佛，内心充满愉悦，就可以排除其他要素的缺陷，没有任何痛苦，保持永远的幸福。"

光说："你这是唯心论，痛苦有精神的，也有物质的，精神的痛苦也许可以缓解，身体有病是无法用心解决的。我信唯物论，前两年我腰椎间盘炎发作苦不堪言，全靠医生才解脱，这才认识到，人的健康第一，没有健康的身体，一切幸福等于零。"

一位茶友说："我比较看重家庭要素。我的一个老同学跟老婆闹翻，生了大半辈子的气，哪有幸福可言。我认为家庭是个人幸福的最后港湾，如果生活在一个不和睦的家庭，个人永远都不会感到真正的幸福。没有一个好老婆，哪怕你有信仰，有健康，都白搭！有多少好朋友也比不上一个好老婆！"

另一位茶友说："老婆好是幸福必需的！但是要保证幸福，还得有钱，钱不是万能的，但没有钱也是万万不能的。"

还有一位茶友说："我同意钱和老婆同样重要，但钱从哪里来？首先需要一个好的工作，然后还要做出成绩，有了较高的工资，才能保住家庭，才能有好身体，才能有好朋友。在幸福的要素中，我认为好职位、好工作应属第一！增加这一条，实现幸福的条件可能一应俱全了！"

大家都笑了。

主持说："好，现在请李老师点评，总结！"

北海说："今天诸位都很风趣，大家的幸福观也各有特色，这些幸福条件咱们都具备，所有要素同样重要，不必争夺名次，大家都是幸福的人！你们同意吗？请举手！"

大家都举手。

北海说："主持人让我做总结，我认为在今天的茶话会上，每个人对幸福的感觉都不一样，这就反映了幸福的真相，如果到全国去做问卷调查，我估计和我们今天的茶话会一样，可能一人一个答案。因为幸福是人特有的一种追求。它是多元的，包括精神和物质、外在和内在、长期和短暂；是动态的，不是静止的，因时、因地、因人而异；是阶段性的，会与时俱进，不断得到提高和增进。幸福的受众范围也不同，大则可至人类，小则可到个人，而且有许多不可预测的因素。因此针对幸福，很难用几条指标来测定，对幸福的探讨只能是一个不断深化的过程，是难以对其加以总结的。

笔谈集

　　本集所摘录的，是 2011 年前后，我与笔友畅谈哲理问题的
观点和心得。

宇宙是什么?

宇宙无始无终。人类必须到无限的宇宙中去探索,因为地球在整个宇宙中不过沧海一粟,只有通过探索宇宙,我们才能知道:我们是谁,从何处来,到何处去。

地球是什么？

宇宙中的一切对宇宙而言都类似地球，而地球上的一切又类似一棵树。地球的生命在宇宙中的意义与树的生命在地球上的意义不太一样。我以为，人类在地球上的一切行为，都会反作用于自己，人类对地球资源的无限索取，最终必导致自然对人类的惩罚。人的行为不能改变地球在整个宇宙中的位置，变化的只是人类在地球上的位置。正像有许多物种在地球上灭绝了一样，地球还会照样运转，但地球上再也没有那些物种了。所以人善待地球或恶待地球，其实都改变不了地球在宇宙中的地位。说到底，与其说人类拯救地球，不如说人类拯救自己。

地球人有无可能变成宇宙人？

　　我认为，问地球人有无可能变成宇宙人，等于问中国熊猫有无可能变成世界熊猫。其实，中国熊猫本来就是世界熊猫，因为中国就在世界上。地球人本来就是宇宙人，因为地球就在宇宙中。别的星球看地球也是外星，看地球人也是外星人。

　　其实，地球上的所有存在，既是地球的，也是宇宙的。宇宙中任何一种物质都有它的特殊性，不同的形态、不同的生存方式、存在于不同的星球上，这就是它们的特性。它们的共性就是都存在于宇宙中，它们互相影响、共生共存，达到物质的永恒。

人性是什么？

　　中国自古就有性善和性恶之辩，但人的善恶都是后天行为，自然中无所谓善恶。

　　有一个词叫"森林法则"，我们多把它翻译成"弱肉强食"。动物之间为争夺生存权和交配权，充满着血腥的争斗和杀戮；植物之间为争夺阳光、营养和空间，也进行着永无休止的拼搏和绞杀。在我们的观念里，动植物似乎也有善与恶之分。作为人为生存而拥有自我保护和发展的本能，这样的私心似可界定为合理的利己主义，而一切超越生存需要的无限占有和扩张的欲望和行为都应属于极端利己主义。

　　有善的本能是人与生俱来的，但是以善为本、以慈悲为怀的大爱无疆直至舍己救人却是后天修炼而成的。可见人的小恶小善是生而有之，而大恶大善却是后天习之。所谓近朱者赤，近墨者黑，礼崩乐坏乃是后天之过。孟母三迁的故事说明，古人已经知道后天环境对人的影响。不过，外界环境作用到每一个人的程度因人而异，决定的因素是每个人的自我修行。君子独善其身，保持心灵的宁静，是所有大智大慧者出淤泥而不染的修行之道。而诸恶也起自心，心灵的不得宁静是所有恶行的酵母。

死亡是什么？

生和死是什么？这是一个永恒的话题。问死，实际也是问生。生和死都是生命的过程。人在母腹中已开始生的过程，胎儿心脏的跳动是可以用仪器听到的。正常人一生心跳大约数十亿次，直到心跳停止的那一刻，才意味着死亡。我认为人死后，与生俱来的躯体和灵魂会回到宇宙中，以别的形式存在于宇宙中，一直到转化为新的生命，又开始新生的过程。

生死虽然都是生命的自然过程，但生命实属可贵。我们每一个人来自无，回归无。圣人说："未知生，焉知死？"所以我们要珍惜生命，活在当下，要珍惜当下的每一刻！

人活着的意义是什么?

　　人活着的意义是什么? 人们莫衷一是。我认为我们要先理解生命的双重意义。底层的意义就是生命本来的意义。任何生命,包括一草一木,来到这个世界都具有自己的意义,因为它们都是宇宙造化的产物。从无生命到有生命,它们来到这个世界的意义就是实现、展现并延续发展。所以,每一朵花都那么绚丽,每一株草都那么顽强。鸟兽鱼虫也莫不如此,蜉蝣的生命虽然短暂,却能在空中翩翩飞舞,实现生命的最后价值。人类的出现是一个更加漫长的过程,每一个人来到这个世界,都是多么的不容易。我们只要活着,就体现了个人存在的意义,同时又体现作为家庭、社会成员存在的意义。

　　但是,人的生命还有更高层的意义,不是简单地活着,而是超越地活着,努力为人类和自然做贡献。我们每个人需要不断地修炼,使自己成为一个真正觉悟的人。

命运是什么?

　　我认为，人的命运具有双重性。一是偶然性，人的一生由无数偶然组成，即外在的环境和无常的变化。二是必然性，即内在的修行和自我的超越。内因和外因相辅相成，互相作用。

　　人生经历的起起落落，即所谓好运、坏运，其实都是机遇，机遇并无绝对的好与坏，而机遇的把握则因人而异，"塞翁失马，焉知非福"，福与祸相依相存。命运不是绝对的：命运既是偶然的，也是必然的；既是无常的也是有常的；既是外在的变化，也是内在的积累。

　　人贵有自知之明，依我看，人的自知是人能够正确地认识自己。心存恶念之人往往不能正确认识自己，以为可以逆天而动。任何看似好的机遇也可能潜伏着祸根，许多人误入歧途，其实不是命运作弄自己，而是自作自受。

是神性引领生命还是相反？

　　我认为，凡是生命体，无论植物、动物，都需要繁衍生息，这是生命体的本能，亦即天性，天性是一切生命体的共性。我们生活在人群中，身边的每个人不仅外表不同，内在的品质和修行更是不同。人的本性兼有神性、人性、兽性，我们身边的每个人必以其中一性为主，善如神者，平如人者，恶如兽者，应是无处不在。

　　人的生命有两层意义，人生命的底层意义，即一切生命体繁衍生息的生命本义，为所有人所共有。人生命的高层意义，即通过修行超越生命的意义，则要看每个人的修行程度。修行程度也决定着每个人神性潜能的释放和发扬程度。人的内在千差万别，选择在于个体本身。

先有欲望后有禁忌，还是相反？

我认为，人作为自然人时，欲望和禁忌是统一的，靠的是"森林法则"，与动物近似。人成为社会人后，群体范围扩大、矛盾增多、利益分化、关系复杂，才有"制礼作乐"，以规范人的行为。可是越规范，问题越多。历朝历代都出现了"礼崩乐坏"的现象，于是又有了新的禁忌、新的欲望。人贪得无厌，所以禁忌无所不包。

其实克制欲望，如同治水。古代人一开始用堵的办法，想制止水的泛滥，不仅没有使水就范，而且治水人还丢了性命。后来大禹治水改用疏导之法，一举成功。如今人心贪婪如洪水，光堵难见大效，应力推疏导之法，使人心回归平静，方可达到知足常乐、心无贪念。

为什么"红颜会薄命"？

红颜是否薄命与外貌无关，薄命与否是人的感觉。我认为，理应如此。

其实常人因时运不济或陷于困境而英年早逝的，不见得比"红颜薄命"的少。林黛玉葬花不是花真的命薄，而是她感觉如此。花会凋谢，树会落叶。花被践踏，人觉得可惜，草被践踏，人认为无所谓。花草的生命意义本相同，而人的感觉却不同。

人的生命意义本相同，人的感觉却不同。这种感觉的不同，与人的视角和立场有关。任何人的出生与死亡，与花开花落一样平常。而任何人无辜失去生命，都与花的被摧残一样可悲。

生命是一场修行，人类欲消除红颜的不幸，其实与消除所有不幸之人的不幸一样，应当倡导每一个人都积德行善、弘扬神性。

为什么"大器会晚成"？

　　我认为时间和磨炼是成大器的两大要素。

　　"玉不琢，不成器；人不学，不知义。"人和玉一样需要磨炼。参天大树，千年造就；浩瀚大海，万年聚成。"天将降大任于是人也，必先苦其心志，劳其筋骨"。人的磨炼不仅需要时间，而且需要经历逆境。磨炼就是克服艰难困苦，顺风顺水造就不了勇敢的船夫。

　　大器晚成，既是说磨炼的结果，更是说磨炼的过程。如果不磨炼，即使是一块好的玉坯子，也成不了器，而且如果只磨炼一阵子，半途而废，大器也是不能晚成的。一块好的玉坯子，也得抓紧时间磨炼，如果三心二意，磨磨蹭蹭让时间白白流逝，到头来只能叹息老而朽矣，枉活百岁。所以古人警告：明日复明日，明日何其多。我生待明日，万事成蹉跎。

　　与大器晚成相提并论的，是"自古英雄出少年"。古代典籍中列举了不少少年英雄的故事，我们也见过不少少年天才，小小年纪，就能表现出超人的才能和智慧。这又该如何理解？

　　我认为天才是确实存在的，具有生而知之的特性，他们是天之骄子。这些天生的骏马，只需伯乐的发现和教导便可成才，但要成为大器，仍需后天的雕琢。一块天然的宝石，即使再美，也只是一块石头，如不精雕细刻，就不能成为精品。况且，天才只是少数幸运者，绝大多数人不是天才，只有智商高低之分，他们的聪明才智主要与后天的培养有关。即使智商超高的人，也不过是底子好于他人，若放任时间流逝，就可能失去成器的机会。我们看到，许多成功者并不是那些小时候最聪明的孩子，而是那些身处逆境的人，他们奋斗不息，不断超越自我，而最后成大器。

佛家还有"顿悟"一说，有人以为大器可一蹴而就。我认为这是误解，是人们看到的假象。其实顿悟是一种长期修行，也是用心修行的结果，一个没有刻骨铭心体验的人，是不可能顿悟的。

总之，大器晚成是成功的一种可能，更是天降有大任在身之人要持之以恒走下去的路。

为什么"好事要多磨"?

有人认为,做事像磨面,只有反复磨,才能磨出上等好面。言外之意:如果你想图省事,那就只能吃糙面。

我认为"好事多磨"也像登山观景,"欲穷千里目,更上一层楼"。只有登高才能望远,但是登山是很累的,只有坚持到底的人才能到达顶峰,欣赏到最好的风景。如果你坐在山脚下,那只能欣赏自己的脚。如果你停在半山腰,也只能抬头望天,唉声叹气。

好事多磨是安慰他人,或自我安慰的一种温馨的说辞。他人有想做而做不成的事,我们可以此相劝,对方便感到几分体贴。我们自己如果有想做而没有做成的事,想想这个成语,也会感到某种宽慰。因此,这个成语有化解人们忧郁的功能,也可以起到鼓励他人或鼓励自己的作用。遇到困难,不必急躁,多磨本是好事的必然,不要对成功失去信心。

"好事多磨"这个成语有时也可能成为意志薄弱者的避风港,或成为自暴自弃者的护身符。有了困难,不想迎难而上,便可以好事多磨为托词,得过且过。毕竟现在虽然不做,但来日方长,因此心安理得。

痛苦和欢乐都是人生的一种享受？

有人认为，痛苦和欢乐都是人生的一种享受，既无痛苦又无欢乐的是死人。我认为，痛苦和欢乐是一种思想境界。

所谓苦乐，是客观施加于人的肉体和心灵的强烈刺激，苦就是苦，乐就是乐。不同的苦乐观，则是不同的人对苦乐的主观反应，是不同的修养的层次。平常人以苦为苦，以乐为乐，甚至苦而轻生，乐不思蜀，众生不悟，所以苦海无边，淫乐无度。智者则能知道苦尽甘来，乐极生悲，知道苦乐的相互作用，因此苦乐有度，进退自如，不失生活的方向。

我们在生活中，时常能感受平常人之苦乐。我们能否实现苦尽甘来，能否避免乐极生悲，能否达到大彻大悟，全在我们每个人自身。我们不必怨天尤人，也不必好高骛远，保持一颗平静心，感受每一次苦乐，心中永远会有阳光。

文化是生命的花朵?

有人认为,如今的文化,有的已经离开了生命的本源,成了一束束令人不忍细看的人造花朵。

为什么将文化比喻成生命之花?我以为,文化是生命的结晶,是生命光辉的外在表现。优秀的文化作品就如心灵之花,文化人本是花园的园丁。

如今制造假花的工匠甚多,文化似乎成了一个金色的垃圾箱,什么东西都可以往里装。伪历史、伪民俗、伪名人误导人们,以致不知何时何地自己会失足落入陷阱之中。这些东西分明是迎合市场,追逐金钱的包装、炒作,与文化毫不相干。

真正的文化离不开生命的本源。真正的文化作品一定是美的,表现出深层的真善美。真正的文化是人们的精神食粮,它能净化人们的心灵,让心灵如绚丽的花朵般绽放。

爱情使人发现自我，还是丧失自我？

关于爱情的起源，东西方有许多传说。最精彩的一则是，在柏拉图的《会饮篇》中，阿里斯托芬讲述的一个神话：最初的人被神劈成两半，一男一女。从那天开始，人类就在世界上流浪，寻找自己的另一半。我认为这是对爱情最质朴的解说。告子说"食色，性也"，也就是说，爱情和吃饭是人的本性。在浩瀚宇宙中，在茫茫人海中，一男一女相遇并相爱的概率极低，因此佛家称姻缘百世修成。

我认为爱情来自本性，可能是两个相似的灵魂相遇，如贾宝玉和林黛玉的初次见面，一见钟情，感觉似曾相识。爱情是不可强求的，也是不可替代的。许多人终生没有爱情或爱情不够完整，甚至宁可终身不娶不嫁，苦苦等待，大概也与爱的灵魂始终不遇有关。对于他们的等待，一般人难以理解，以为大街小巷、四面八方，有这么多人，难道就没有一个合适的？殊不知找到一个相似的灵魂的概率是极低的。

真正的爱情得到实现后，男女双方会再次发现一个新的自我，能激发潜在的才能和智慧。没有爱情的婚姻，结果可能适得其反。

爱情中的爱与恨是相互交替的？

我认为，所谓恨铁不成钢，那不是爱，而是恨。爱和恨不可能交替，爱是两个灵魂的统一，恨是两个灵魂的撕裂。

为什么有那么多结婚又离婚的人？有那么多的婚姻悲剧，有那么多单身的人？这证明两个相似的灵魂要相遇，是何等的困难。从前离婚的少，不等于说从前人们结婚多是出于爱情，而是囿于礼教的束缚。如今离婚的多，今后可能更多，这证明结婚不是爱情的重要标志，更不是唯一的标志。

世界上的夫妻，大多数是因为感情而结合。感情是后天培养出来的。人和人之间是可以培养感情的，但这种感情不一定是爱情，如朋友之间，甚至人和宠物之间都会产生感情。有些夫妻并不是两个相似的灵魂，但能长期相处，直至相伴终身。他们在相处中有恩恩爱爱，也有磕磕碰碰，有互谅互让，也有争争吵吵，有同甘共苦，也有凑凑合合，如此度过一生，也应当算是幸福。

孤独是什么？

孤独不等于寂寞，每个人都从无中来又要回到无中去，生前已存在过无限的时间，死后又留下无限的时间，这是最根本的孤独。孤独不是四周无人，不是无亲少友，也不是无所事事。孤独是智者内心的一种常态，即使处在闹市之中，亲朋满堂，智者依然会感到孤独。

孤独是智者深沉的疑惑，是智者内在的一种感觉。人知道自己生来不能不死，但是不知道自己从哪里来，也不知道自己到哪里去。宗教给人类提供了天堂和极乐世界，但人活着无法证实，死后能否证实也不得而知。因此死后的去处成了人的共同忧虑，一个人再富贵、再出人头地，一旦遥望未来，内心还是会感到无助，而智者注定会永远感觉孤独。

孤独是智者的思考过程，他们时刻在探索人在宇宙中的位置，寻找心灵的归属，试图揭开这个最古老而又最现实的不解之谜。他们对外表现出超常的冷漠，对现实生活的追求非常淡泊，与浑浑噩噩的众生相比显得异样，似巨石望天，又似黑暗中的萤火。这大概就是常人说的寂寞。

孤独与寂寞作为文字概念，当然有许多别的含义。唯我独尊，自称孤家寡人。冰心傲骨，被称为孤芳自赏。无所事事，处于寂寞无聊。无依无靠，既孤独又寂寞。这些孤独和寂寞，其实属于世俗的人生表态。而智者思考时内心的孤独和寂寞，是一种超然的精神状态，是在享受心灵的感应，特别在有新发现、新体验、新感悟时，智者的内心其实会充满欢乐。

如此，智者并不孤独，也并不寂寞。只是由于他们的深沉，常人未必都能理解他们的孤独和寂寞。

对精神价值的追求是无止境的？

　　我认为，人生的过程和人生的意义既有联系，又有区别。作为人，一出生就开始了人生这个过程，直至死，过程结束。这一过程本身就具有意义。生命可贵，我们的人生只有一次，每个人应当珍惜它、爱护它、享受它。我认为这是生命的本来意义，可以称之为生命的原始价值，也可以称之为生命的原始意义。

　　生命的原始价值就如同商品的原料，如果不加工，就不会产生任何附加值。因此，生命更重要的意义在于生命的超越意义。生命的超越意义在于我们面对精神所遇到的种种挑战，不断有新的发现、觉醒、感悟。只有获得精神的超越，生命才有超越意义。一个没有认识到生命价值或丧失自我意识的人，只拥有生命的原始意义，仅此而已。只有作为精神和意识存在，并自觉开发、不断思考和进取的生命才会超越生命的原始价值，获得生命的超越意义。生命的原始意义，人人趋同。生命的超越意义，因人而异。对精神价值的追求是无止境的，在对精神价值的追求过程之中，人会超越一切成败与得失，以致超越无限时空，如古代圣贤般创造出精神财富而流传千古，以至永恒。

艺术是什么？

我认为艺术是人的精神需要，人的精神需要，五花八门，如同人的物质需要，五味杂陈。人生产各种食物，为的是身体健康，人生产各种艺术品，为的是精神健康。但是现在食物安全出了问题，艺术安全同样出了问题。各种问题食物损害着人的身体健康，各种问题艺术损害着人的精神健康。

那些真善美的艺术，时刻都在滋养着人们的精神。艺术的感受因人而异。智者会吸取精华，剔除糟粕，永葆精神的健康。

写散文的心境？

写散文是什么心境？恐怕各人感受不一，但对于散文这一体裁，我倒是可以说一说。就我自己而言，我觉得散文似乎在一个"散"字上，大概是题材广泛、写法多样、结构不拘一格。散文是一种浓缩的文字精粹。散文有对人生百态深刻的体察和感悟，"形"虽散，但"神"不散，定是取其一点，说其一面，小中见大，乃至隐喻世界万物。散文的灵魂不是"散"，而是"精"，不是松散，而是精辟。

我没有刻意写过散文，但不自觉地接触过散文，散文来自生命的本源，是从灵魂里流露出来的。

什么是历史？

我认为，历史像一个万花筒，变化多端，令人眼花缭乱。从野蛮史、文明史、正史、野史，到演义、评书、戏说，写历史、讲历史的人从来没有失业过，听历史的人也都津津有味。

我们所见所闻的历史故事，天天在变化，其实事实可能只有一个，为什么会这样？因为历史似一幅幅油画，油彩是变化的，距离太近看不清，距离太远也看不清，必须保持适当的距离才可以看清，所以每个人看历史，因视角与距离不同而不同。

历史是条长河，它从来不是停滞的，它永远处于流动之中。人类已有几百万年的无字史，已有几千年的文字史，人类走到哪一天，历史就会记载到哪一天。人类的过去、现在、未来是一条永远流动的长河，你我他都是长河中的一滴水。

什么是文化？

文化产生于人的需要，人的需要有物质需要和精神需要。人为满足自己的需要，就要不断创造，创造的结晶便是文化。文化无所不在，有广义和狭义之分。广义的文化是指人类通过自己的劳动所创造的物质财富和精神财富的总和。狭义的文化是指人类创造的精神财富。

两种需要的满足程度不同，其对人类社会和对每个具体的人而言，都不相同。

中国文化的核心是什么？

这个问题值得作深入的探讨。中华文化博大精深，其包容性很强，在漫长的过程中，儒家、道家、释家对中国文化的贡献很大，其他流派也都做了不同程度的贡献。吸收了各家之长，中国文化逐步形成了一个核心观念，就是"和"的思想。以和为贵，追求自我的和谐、人与人之间的和谐、人与社会的和谐、人与自然界的和谐，把"和"作为最高境界，"和"成为中华文化的核心。

"和"的思想不是凭空想出来的，而是在漫长的过程中悟出来的。老子认为，道法自然，道在天，亦在人，人与天和谐平衡，达到天人合一。儒家倡导中庸之道，中庸就是平衡，人要不偏不倚地修身、齐家、治国、平天下，过与不及都会偏离正道。释家认为万恶源于心，"和"必须从心开始，强调通过自我修行，达到识自本心、见自本性。可见历代各家都主张先修自身，达到内心的和谐平衡，从而实现人与社会和宇宙的和谐平衡。

"和"与"不和"是宇宙中普遍存在的矛盾，是永远互相作用的过程。人类社会如此，自然界亦如此。

探讨写作篇

　　几位年轻朋友询问我有关写作的问题，其中有优秀的作家，也有刚起步的写作爱好者，我乐意同他们交流，并坦言相互切磋，仅供参考。文中将他们统称为笔友。本篇还包括和个别朋友的通信。

作品的命运

笔友：我已完成多部作品，但反响平平，我对自己作品的未来命运感到担忧，不知您能否理解这种心情？

北海：你在信中就曾提到鲁迅先生的话，他说："死者倘不埋在活人的心中，那就真真死掉了。"鲁迅先生践行己言，他活在了人们心中。

能做到鲁迅先生这种程度的有几人？你有大抱负，并有非凡的天赋，努力自不会付诸流水。上天对人的安排是周到的，一天有日夜之分，我们白天生活在现实中，夜晚生活在梦境中。一年又有四季之分，让人体会花开花落之景，体验冬夏凉热之情。人本自然之子，一生游走于天地之间，顺乎自然，便是天地人和，来去自然而已。

我觉得你不必过于担心作品未来的命运，你应该把注意力放在提高作品的质量上。纵观中外成名之作，关键在内容。作家要把握好时代的脉搏，作品必是人类思想的精华，应该成为时代的灯塔、时代的镜子。人以文传，文以人传，以致流芳百世而不朽。

意识流

笔友：读了您的《外交心语》一书，发现您的文笔生动，希望您说说写作经验。

北海：很惭愧，我不是职业作家。过去在工作岗位，我起草或参与的文件、文章不少，但以文学价值衡量，没有什么意义。

《外交心语》是我退休后，在朋友的鼓励和帮助下，边思考边写的，基本是跟着感觉走。这可能是许多自由作者最方便的选择。我看不少"网络文学"作者主要是即兴创作，形式非常自由、非常灵活，想到什么写什么，不会让人感觉到矫揉造作。

我认识一位年轻作家，他是自学成才的，已经出版数部小说和散文集，内容都很精彩。这位作家说，写作前并没有特别构思，但一开始写，可谓文思如泉涌，一写就是几个小时，内容都是自己熟悉的东西。

我本人也有类似感觉。一开始我往往并不明确自己要写什么，即使有某种想法，也是相当模糊，不会有系统的构思，但只要动笔，就会有收获。

我以为人的思维似乎有点儿类似汽车——在没有发动的时候处于静止状态，一动不动，但是一旦动笔，就如汽车一般发动起来，特别是进入快车道后，就会有一往无前的感觉。

人的思维也可能类似泉水，从源头出发时，还只是涓涓细流，甚至有点儿断断续续，一旦流动起来，会不断同沿途的水流汇合，逐渐形成滔滔江水，直至浩浩荡荡激涌而去。我不知道这是不是人们说的"意识流"？

发现自己

笔友：非常感谢李老师赠文，鼓励我多看书、勤写作。昨天给您送上我读您写的《红鹦鹉》故事的感想，请您指教。

北海：看了你的来信，我很欣喜！你知道吗？你的思维很敏捷，行文速度也快，看了我的文章，居然写出那么精彩的评论。

一个人能在错综复杂的现象中，透过现象看到本质，能够由表及里，由此及彼，见微知著，说明他充满了智慧。人的智慧从哪里来？我认为人的智慧既有先天的因素，也有后天的因素。我们每个人大脑中潜在的智慧空间无比开阔，绝大部分都有待我们去开发。

你对自己估计不足，说你实在不会写什么，也不会表达什么，更加觉得自己一无是处，还画了一张哭脸，问我怎么办。我觉得，你要删去这幅画，改画一张笑脸。我还建议你看看我在《外交心语》中的一篇文章，题目是《我们所能看到的和不能看到的》。文中我讲了这么一段话："人贵有自知之明。缺乏自知不仅表现为看不清自身的不足，往往使人难以提升，更可惜的是看不到自身的优势，失去本可大有作为的前程。可见知人重要，知己更可贵！"

找找你的优势吧，你会发现一个完全不同的自己，要对自己充满信心，方可大有作为！

智慧与逆境

笔友："烦恼即菩提"这句禅语，是许多修禅者悟道的心得，请问您是怎么理解的？

北海：这既是修禅者的心得，也是修禅者修行的必由之路。他们以此振奋自己，不畏艰难困苦，一往无前，达到修行的最高境界。我联想到另一句话"逆境出智慧"，同"烦恼即菩提"相近。人的智慧从哪里来？这句禅语无疑具有深刻的启示作用，而这句普普通通的话也含有一定的哲理，

古今中外，大智大慧者多从逆境中走来。你的智慧与你的逆境密不可分，所以才写出了优秀作品。你以感恩之心，对待伤害过你的人，面对过去的事，通过反思化消极为积极，上升到理性和佛性，这是你悟性的体现。

我认为这是值得赞扬的，人也需要赞扬。任何人都不能没收到过赞扬，没收到过赞扬的人，是很难有激情的。如果一个演员在台上表演，台下没有人喝彩，他是很难演下去的。相声演员表演时，台下没有笑声，他甚至很难退场。同样的，任何人也不能没有被批评过，否则不能进步。批评有两种，一种属建设性的批评，它使被批评者心悦诚服，以图精益求精。一种属吹毛求疵的批评，它使被批评者不知所措。

　　过去你面对逆境，批评者多，如今有了成就，赞扬者多。你应在受人赞扬时坚持实事求是，受人批评时力求谨慎。对于你的新作，我提出的修改意见供你参考，改与不改，你自己斟酌。总之，要实事求是，矫枉不必过正。

写作计划

笔友：您的《外交心语》我又读了一遍，又有新收获。新的一年，请问您有新的写作计划吗？

北海：我写《外交心语》时并没有什么计划，是退休后，在朋友们的推动和帮助下才动笔的。不过第一本书写成，对我是一个启发，本来退休后懒散起来，什么也不想再干了。开始写作之后，我的思想又活跃了起来。我感觉人脑和腿差不多，腿迈开了可以翻山涉水，停止了就坐在沙发上或躺在床上一动不动。脑子也一样，放开了思绪如流水，停止了就死水一潭。原来人就是这样，推一推动一动，现在似乎有人在推动我、提醒我。人腿完全停止是会僵化的，人脑完全停止是会痴呆的，人腿应当适当走动，人脑应当适度活动。

我年轻时曾幻想当作家，年老了本想闲散度日，现在却产生了一个新的念头，虽然不再奢望当作家，但可以尝试写作，既作为休闲的一种方式，也多少弥补我早年理想没能实现的遗憾。

你问我有什么新的写作计划？是写长篇、中篇或短篇？我真的没有计划，只是考虑将写作作为休息的一种方式，大体有个概念：要量力而行，不设定目标；要作为娱乐，不要变成负担；要顺乎自然，不固守形式和内容。总之，如散步只为了活动腿脚，写作只为了活动脑筋，算是在人生最后旅程中，身体和精神漫步在山水间。

你问我喜欢哪些作家的风格，这个很难回答，成功的作家很多，我知道的很少。我佩服所有作家，他们的风格各具特色，都值得我学习。

从我个人的实际情况出发，我想应重点学习鲁迅先生，他的文章涉及面极广，他编的文集也都很小巧，看起来非常方便，也便于携带，读完还想读。倒是后来汇编的《鲁迅全集》既厚且重，读起来不便，成为书架上的摆设。

我现在有几位好友，我们常在一起喝茶聊天，讨论的内容相当广泛。他们喜欢问我各种问题，我也乐于回答他们，互相探讨切磋，常常激起新的思想火花，说不定稍加整理，就可成文。我还有几位朋友，其中也有作家，包括你，常与我通信，探讨写作与人生的诸多问题，有的内容也可整理成文。我喜欢童话故事，过去看了不少这类书，也听过不少人讲故事。结合现实生活，我会创作一些新的故事。还有身边发生的故事，有意义的，或特别风趣的，只要我稍加注意，也许会很快写成。这就是我的一些想法，也算是我未来的写作计划吧。

文化精品

笔友：现在文化市场上充斥着五花八门的文化产品，不知您有何感想？

北海：人类在物质生活得到满足的同时，拥有更多的时间和精力享受精神生活，因此对精神产品的需求与日俱增。

我认为，和一般产品分为耐用品和非耐用品一样，精神产品也可以分两类：一类是文化产品，以市场为导向，快速产生效益，主要供人们娱乐，消除人们的烦恼，使人们暂时感到舒适和安慰。另一类是文化作品，特别是文学作品，具有长远意义，能够在更深层次启迪人们的智慧，在精神上引领人们，这一类文化作品中顶级的便是文化精品。因此，市场上五花八门的文化产品不可能取代那些内容深邃的文化精品。

人 生 篇

人为什么活着?

笔友:我们几位朋友在讨论人为什么活着,希望听听您的看法。

北海:这是一个古老而现实的问题。据说有人概括为两个答案,一是活着为了吃饭,二是吃饭为了活着。我认为持第一个答案的人属于愚人,以吃饱喝足为人生意义;持第二个答案的人是智者,不以维持生命为目的,而是要有所作为。

人有小人与君子之别,通常意义上那是指道德的差别。而对人为什么活着的不同答案,不属道德之别,应属智慧之别。愚人,吃饱了躺平,再无他求。智者,吃饱了,另有他求。愚人无所作为,人生的意义只是活着。智者有志,生命不息,奋斗不止。

譬如笔友,你选择了写作,应属于有大智慧之人。如今短视频和社交媒体成了人们获取信息的主要渠道,人们的阅读也更碎片化。在这样的环境下,你毅然坚持写作之路,已有超越常人的思考。如信中所说，基于某种召唤，你心中始终有一种不可遏制的东西在涌动，才使得你甘愿承受写书的清贫。你以自己的过人智慧和坚强意志，坚持做自己想做的事，这就体现了人活着不是为了吃饭的真相。

我相信随着国家的发展，社会分配会更公平，吃饱吃好问题会得到更妥善的解决。我赞同你的远见，真正的写作是任何人和事物都无法替代的。即使未来人工智能再发达，也无法替代人的意识去完成个性鲜明的写作。机器可以模仿程序，但是无法完成如同人类那样深入独立的思考。有人能看到迷茫的网络世界掩盖下的，不为一般人所看见的未来真相。毫无疑问，这就是在吃饱后继续思考所悟出的真知灼见。

孤独不孤独

笔友：您对孤独有何见解？

北海：我认为人类本来是互依互存的，作为群体的一员，是并不孤独的。

但是，人作为个体又都似乎没有例外，都有孤独感。试想佛祖释迦牟尼出家之前贵为王子，生活在亲情、爱情、友情中，如众星拱月，何等的光辉荣耀。但是他内心是孤独的，如同任何一个人。他对生老病死，对人的终极目标一筹莫展，因此出走寻道，直至悟道成佛。

纵观众生，哪一个人内心不孤独，不是在黑暗中摸索？从这个角度来讲，孤独是一种人生状态，是寻找灵魂归属的过程，这个终极问题不解决，人不可能摆脱孤独。

孤独又似乎是伟人的共性。众人皆醉唯我独醒，思想家、文学家、艺术家达到登峰造极的水平后往往成为孤独者。

文人表现孤独于作品中，尤其是那些呕心沥血，将超越的智慧汇成一部完整的巨著，成为永不熄灭的精神火炬的作品。《百年孤独》是以孤独之名写孤独，《红楼梦》是以梦之名写孤独，《家》是以家之名写孤独。

你将以什么创意写孤独呢？翘首以盼。

精神意义

笔友：有人说，人生的物理意义只是存活三万多天，必须抓紧时间享受每一天。您对此有何看法？

北海：在宇宙中，人生就其物理意义而言，不及许多有生命的动物和植物，甚至不及看似无生命却有生与死的世间万物。

由此，有的人走向极端，认定人的生命只有三万多天，人的物理意义被压缩到极限，必须抓紧享受每一天的生活，否则悔之晚矣。

自从与动物分离以来，人类从野蛮走向文明，经历了狩猎社会、农耕社会、工业社会、信息社会，文化科学技术飞速发展，创造了巨大的物质财富和精神财富。我认为，仅仅探讨人的物理意义过于机械，也过于片面。人的精神意义，即人的创造性，更加重要，不是仅以三万天来计算的。

说运气

笔友：今天和朋友谈"运气"，有人根本不信有运气这一说。您有什么看法？

北海：我没研究过这个问题，刚才联想到一件事，先讲讲这件事吧。

我此刻正在喝茶，手中的茶杯是钧瓷的。钧瓷之都是河南省禹州市，这里烧的瓷称钧瓷，历史上曾是北宋皇家的贡品，民间不许收藏，在当时特别珍贵。

钧瓷贵在无二，每一件都是唯一的。不同于其他瓷器，钧瓷千变万化的色彩靠的是"窑变"，由此形成各自独一无二的花色。出窑时皇上派特使带着鉴赏专家当场选定，凡选中的即刻运往皇宫，落选的全部砸碎立即掩埋。往往一窑只能选中一个或几个，有的一出窑全军覆灭，一片难存。

听到这里，你一定会为被淘汰的钧瓷感到惋惜，你可能会说："被选中的多么难得，被淘汰的多么倒霉！"

这就是这件事想要说明的真相：特使选择的过程和结果就是钧瓷的"运气"。被选中的可谓"好运"，概率极小，被淘汰的可谓"厄运"，概率极高。

当然，我讲的是钧瓷的过去，成功的概率很小，淘汰的概率很大。

如果以钧瓷比喻人生，我们每一个人的一生其实都处在不断选择的过程中，这种选择不像钧瓷的选择那么严酷，也不会像钧瓷那样只被选择一次。学习、工作、生活、家庭，人生的一切大事小事，我们每个人无不处在选择中，有成功时，也有被淘汰时。由于人生处于一个不断选择的过程中，人人都处在"好运"与"厄运"的动态之中，因此我们要努力修行，力争好运，避免厄运。

理想与现实

笔友：最近我的心情有点郁闷，人生屡屡受挫，不禁感到理想远不可及，希望听听您的意见。

北海：从中国的发展历程看，我感觉人类的理想是在不断变化的，作为整体或群体在变，作为局部或个人也在变。这种变化是与现实的变化相联系的，甚至可以说现实的变化决定了理想的变化。人类或人的理想是阶段性的，不是一成不变的，也不是一蹴而就的。

理想与现实是相互作用的，现实是第一性的，但理想永远高于现实，谋求改变现实、超越现实。如果不发生逆转，这种系统的变化应是以一个更长远的理想为方向，是一个由此岸到彼岸的过程。我们的最高理想是实现共产主义，目标还在更远的前方。

你所说的人生屡屡受挫，我认为实际上是个人理想在不断提升，其实这不是理想的失败，而是在实现理想过程中出现了新的困难和曲折。譬如登泰山，你登到中天门，已经有些累了，还想登南天门，到了南天门，虽然更累了，但你又想继续登玉皇顶。你现在似乎累极了，但你再加一把劲，回头一看，会发现"会当凌绝顶，一览众山小"，感到人生有无限风光，理想终于实现！

说伟人

笔友：我和朋友们正在探讨伟人是如何成为伟人的，有说是天赐的，有说是后天的，有说是撞大运的，您有何看法？

北海：我从没想过这个问题，回答可能不太令人满意。我以为，伟人应当是天赐、后天、撞大运三者兼而有之。也就是说，天才、勤奋加时运，三合一成就伟人。伟人有超越常人的天赋智慧，有崇高的理想和勤奋的精神，并能充分驾驭时代提供的机遇，成就伟大的事业，流芳百世，永垂不朽。因此，伟人极其稀少，古人曾言五百年一遇，不知是否有人做过统计。当然伟人应有不同层次，其标准也不应完全相同。

古代伟人的理想是怎么确立的，大多成了故事或传说。当代两位伟人马克思和爱因斯坦，他们的伟大理想和实践确有翔实的记录。马克思探讨的是人类社会的发展规律，爱因斯坦是想揭示宇宙的终极奥秘。

这世上还曾有许多其他的伟人，他们的伟大功业和影响各不相同，共同点应是对人类的发展和进步创造了丰功伟绩。

古人曾言："天将降大任于是人也，必先苦其心志，劳其筋骨，饿其体肤，空乏其身。"想要实现大理想或大目标，应有类似唐僧西天取经的精神，深知须历经千辛万苦才能成就大业。

天赋与勤奋

笔友：我曾与朋友谈论天赋与勤奋的问题，有人认为成功人士主要靠天赋，有人认为主要靠勤奋。我属于天赋论派，我甚至认为 99% 的勤奋，由于少了 1% 的天赋，而失去价值。您不会见笑吧？

北海：我理解你说的，在天赋与勤奋的关系中，天赋是决定性因素，勤奋起的作用有限，如果缺少天赋，再怎么勤奋也无济于事。需要强调的是，我认为要有足够的勤奋，天赋才有意义。

天赋与勤奋都是重要的，二者缺一不可，孰轻孰重，因人而异，难以作量化比较。有的人更多得益于天赋，有的人更多得益于勤奋，各有侧重，相辅相成。人只有足够勤奋，才能脱颖而出，成为佼佼者。

心想事成

笔友：最近给您推荐了《遇见心想事成的自己》一书，我和一些朋友也正在讨论"心想事成"这个话题，不知您读后有何感想？

北海：应当说，读后获益匪浅，我本来一直将这个成语视为一种祝福、一种对奋斗目标的激励，现在除了感谢作者，我还得回头检阅一下，自己有过心想事成的经历吗？

我发现，心想事成的内涵与外延可能因人而异。就我而言，如果想做某件事，或实现某个短暂的目标，就会做出不少这类可望、可及、可控的行为。但是就人生远大目标的追求而言，心想不多，事成有限，有的根本不能实现。

我想许多人可能和我一样。例如想成为将军的士兵很多，实际成为将军的极少；想成为冠军的运动员极多，但每项运动的冠军只有一个。心想者多，事成者少，心想事成者，我想更应是凤毛麟角。

事实上，在我们所见所闻中，心想事成者确实有之，心不想而事成者亦有之。为什么会这样？因为心想虽然重要，但是否具有主客观条件，是否存在不可抗拒的因素，以及是否会发生变化，这些都是不可预测的。

因此，我认为心想与事成，可能是一个天人合一，即主客观相结合的过程，所谓谋事在人，成事在天。人要知己之长及己之短，知可为及不可为，选准方向和目标，坚持不懈为之奋斗。天，即客观所处环境。人与天的关系，人固然重要，天亦重要。

心想之后，事成与不成并不重要，重要的是我们没有虚度年华，努力奋斗了一辈子，最终实现了自己的人生价值。

自 爱

笔友：我正在写一篇文章，涉及"自爱"这个话题，不知您有什么高见？

北海：什么叫"自爱"？我认为，自爱是真正地热爱生活与生命，做自己喜爱的事情，不让自己的肉体与心灵背负负担。自爱应是人的天性，珍惜自己，追求幸福，有健康的身体、美满的生活、成功的事业。

我以为努力实现自爱，要追求一定的人生目标，但不宜苛求自己。根据主客观条件的变化，调整自己的行为，尽量使个人愉悦、家庭幸福、对国家有所贡献三者协调一致。

人生与种子

笔友：我们在谈什么是成功，什么是人生价值，什么是幸福。我们想听听您有什么高见？

北海：有一位朋友说，人生就像玉米粒，如果作为种子种在泥土里，便会生根、发芽、成长，价值就会不断提升；如果进了锅里或成了爆米花被人吃掉，就只有一次价值；如果烂掉了，就没有任何价值。

我认为，这个比喻很贴切。人生是一个过程，一开始，人仿佛一粒掉落的种子，直到某一时刻，正好有那么一点泥土，如能不失时机地抓住，这粒种子便会生根发芽，加上持之以恒地努力，便有可能开花结果。我看到不少人正有着这样的经历。这泥土便是机遇，而我们每个人都是一粒种子。

我在《种子的力量》一文里，讲到每粒种子怎么选择了那一点泥土，而成长为一棵树。他们选择的泥土似乎很不起眼，但是正好适合自己的生长。适当的选择便是智慧。人贵有自知之明，不仅指认识自己的缺点，我认为更是指能懂得自己，能认识自己的优点，选择能让自己发挥优势的位置。

一粒种子开花结果就是成功，就是实现了自己的价值。对应人，也可以说是植物中的"成功人士"。

当然人生没有完全的成功和失败，人生的幸福感主要来自对人生过程的感觉和态度。一个人只要善于享受人生的过程，能问心无愧地面对人生，其内心是欢乐的，这就是幸福。幸福可能一人一个解释，在我看来，内心的欢乐就是幸福。

个性与和而不同

笔友：请问您对"和"与"不同"有何见解，有主次之分吗？还是互相尊重各自的个性？

北海：中华传统文化中，"和"是很有讲究的，之所以说"礼之用，和为贵"，就是因为古代的礼制，在践行中主要体现为和。和的含义很多，例如，和平，可以指导国家关系；和谐，可以指导社会关系；和睦，可以指导家庭关系；和气，可以指导个人修养。此外，还有太和、保和、中和、和合等等。

圣人提倡的和，不是指事物完全相同，而是要尊重不同的个体，即"君子和而不同"。就文字构形来看，和是人人有饭吃，谐是人人可说话。人人说话，因为人人有不同的话。世界上没有两个人的想法是完全相同的。即使是同一个人，其彼一时此一时的想法也未必相同。所以只有承认不同，方可达到和谐。不同是不同的人受内外环境和条件的影响而产生的，即使两片树叶，即使孪生兄弟，也有不同之处。

昔日孔子问礼于老子，这不仅是中国思想史上两位智者的会面，更是两个流派、两种思想的碰撞和激发。自此孔子以他的思想影响中国几千年。老子的思想也独树一帜，他的思想也同样影响深远。圣人的伟大在于善于求同存异，不同不等于错误。

自然界的万物各有特色，又和谐相处，百花齐放，百鸟争鸣，这就是大自然的和而不同。

　　人文领域的和而不同，则可以理解为彼此尊重，互相包容，和平共处，共同发展。

　　人与人和人与自然的关系中的和而不同应当是，人类自己以及人类与天下万物皆相依相成，既有和，也有不同。

认识新笔友

笔友：想拜读李老师的大作《外交心语》，我会认真学习，拜您为师。

北海：《外交心语》已寄出，估计近日你会收到。你不必拜我为师，我们可以成为朋友。《外交心语》书中讲的就是交友的故事。人的第一感觉是不会错的，我认为能否成为朋友，是可以从第一感觉得知的。在一个画廊参观，面对琳琅满目的美术作品，你一定会在最喜欢的画前停留，这就是第一感觉。在商店购物，你一定会驻足在你喜爱的商品前，这也是第一感觉。人和人一见如故，这便是第一感觉。有人讲相识是缘分，我以为第一感觉就是缘分的体现。

我年轻时曾梦想成为一个作家，后来从事外交工作，再也没有改变过职业，直到退休，这两年在朋友的鼓励下，我出版了《外交心语》一书，多少弥补了心中的一点缺憾。如今我年事已高，但没放弃写作的兴趣，只要有空便会写点东西，不拘一格，不设主题，顺乎自然，不再想成为作家，仅仅把写作作为一种休闲的方式。听说你有作家梦，我很高兴。你年富力强，文笔不错，具有悟性和灵性，又生在一个好时代，只要有信心，多观察思考，坚持写作，定可让美梦成真。

交友杂感

笔友：我在交友方面遇到了一些麻烦，希望您能谈谈交友方面的经验，帮我走出困境。

北海：经验谈不上，谈点儿感想吧。交友有一条原则还是值得遵循的：实践是检验真理的唯一标准。对人的鉴别，应听其言，观其行，行是最根本的标准。

我做外事工作多年，同各类人打了一辈子交道。我们的原则是，广交友，不树敌，朋友越多越好，敌人越少越好。但是，实际上国家之间、政党之间，没有矛盾是不可能的。所以就会出现敌、友、我这样的现象。所谓敌，也并非你死我活，而是在核心利益上相悖，达不成合作。你不得不同他们展开斗争，当然也不是打仗，而是坚持维护自己的根本利益。

我想人和人之间的关系，虽然与国家间的关系不同，但交友之道应当是相通的。

中国的传统文化非常重视交朋友，《论语》中，"有朋自远方来，不亦乐乎"讲的是交朋友的乐趣。"与朋友交而不信乎"讲的是每天必须检讨对朋友有没有不诚信的地方。所谓"在家靠父母，出门靠朋友""一个篱笆三个桩，一个好汉三个帮"，都是讲交朋友多么重要。

交友虽然重要，但是交友却不容易，所以先人感叹"人生得一知己足矣"。但是人必须广交友，不过心中必须有数，要有区别，不能胡子头发一把抓，大家都是兄弟。

先人有君子之交、小人之交、生死之交、酒肉朋友等等不同的区分，这应当是多少先人生活体验的结晶，交友谈何容易。

现如今急功近利正蒙蔽越来越多的人的良知，我们就生活在他们当中。一个人想以小施或者大舍唤醒他人，可能会适得其反。人的贪婪欲望好似枯井，你想挑水填井，恐怕没有成功之日。想以利灭贪，可能是火上浇油。先人早有"一把米养恩，一斗米养仇"的警句，一把米救活一个饥饿者，他会感激救命之恩。每次给一个贪婪者一斗米，一旦给不了一斗米，你就变成他的仇人。

交友当然不能完全以利画线，但是也不能利害不分。至少我们的人格、尊严、合理的利益要能得到理解和尊重。如果一味从我们这里索取，而对我们追求的事业毫无帮助，我为什么非得同这个人保持朋友关系呢？

交友不在言，而在行。说得再好听，行为是背离的，这种人不可交，已经交了的，应当远离。只有经过不断筛选，我们才有可能交上一些较好的朋友。否则，是是非非纠缠不清，白白浪费时间。

有一点要注意，"分手而不绝情"，这很重要。对于准备远离的朋友，要逐步淡化关系，保持善意，不要一下变友成敌，不仅伤感情，而且有潜在危险。有句口头禅"生意不成仁义在"，说的是处理经商失败的经验，其实处理交友失败，不伤和气也是正道。

关于失眠

笔友：最近以来经常失眠，不仅影响写作，而且产生恐惧心理。我听说过去您也有过失眠的情况，您能说说怎么应对失眠吗？

北海：睡眠不好是令人烦恼的，但不必恐惧。

我自从小时外出当学徒，就开始睡不好觉，后来逐渐严重，一直到上大学、参加工作，失眠始终伴随着我，严重时彻夜不眠，甚至连续几夜睡不了一个好觉。我不仅痛苦至极，而且心生恐惧，担心是脑子出了问题，到处求医都不见效。

我40岁出头时情况开始好转。我看了许多书，接触了许多人，才知道世界上患失眠的人数量巨多，而且不分男女老少，只是程度不同，原因也千差万别。我结合许多人战胜失眠的经验和个人的经历，得到了一些感悟。

一是放下思想包袱，不要害怕失眠。失眠不会对神经和身体造成大害，失眠是可以治愈的。

二是要找到失眠的原因，自己创造利于睡眠的环境。我的症状是，白天经历的事，过去发生的事，看过的书、电影，上床睡觉时一直忘不了，于是脑子里不断重复这些内容，老处在兴奋状态，不能入睡。经过多年摸索，我找到了一种抑制大脑兴奋的办法，那就是把注意力转移到双脚底部的涌泉穴，不断重复简单的信号，慢慢降低大脑的兴奋度，从而进入睡眠。

三是生活要有规律。睡前一段时间避免大脑兴奋，可做点轻松愉快的事，如散步、听音乐、做简单的家务活等等。切不可生气、争吵，看场面激烈的节目。

几十年来，我靠这些办法战胜了失眠，保持正常的工作、学习和生活，至今我比大多数同龄人更健康。我希望这些办法对你缓解失眠会有所帮助。

劝 学

笔友：认识李老师真好，我辍学得太早，知识太少，进入社会后感到人生机会渺茫，受到您的鼓舞后，增强了信心，希望今后您多指教，您就是我的老师。

北海：能认识你我也很高兴，我们可以互相学习。我说过，知识不多不要紧，你年纪还轻，素质不错，只要努力读点书，勤于练习，一定能不断提高自己。

我认为多读点书，多练练笔，思想和能力会得到提高，人站到高处，慢慢会悟出许多道理。现在是知识的时代，一个有志者，一定要不断用知识充实自己。你非常聪明，不仅反应敏捷，还遇事不慌。在待人处事上，你也都严以律己，宽以待人。真的很难得。随着知识的不断积累，你可以做成一番大事业。

我觉得经常写点东西对人很有好处，不仅可以锻炼写作能力，还可以提高思维能力，时间久了，也变成一种休息方式。我曾经同朋友交流，他们问我身体为什么比他们好，我说可能我常写点东西。过去在职，为公家写，现在退休了，为自己写，写什么无所谓。

写作是一种练习，也是一种学习方式。你很有灵性，有空时，不妨试一试，写什么、写长写短、写对写错，都没有关系的。古人说，开卷有益。今人说，知识就是财富。我以为书就在身旁，笔就在手中，提高就靠自己。

文创集

文创集与前面的内容不同，前面是与朋友交流而成的文章。文创集则完全是我个人的作品：凡涉及身边的人和事，都是耳闻目睹的记述；童话故事多是心有所感而萌生的情趣，诗歌游记则是旅行各地留下的文字。现汇合成集并分为若干篇，便于读者翻阅。

公交车上

前天我乘公交去公园散步，乘客比较多，上车后没有座位，我便拉住一个吊环站稳了。

车开动后不久，我忽然听到背后有人大叫："老子80多岁了！还没有人给我让座！这叫什么事儿？"我转身看到一个老头儿两眼圆睁，愤怒地看着一个年轻人，那年轻人赶紧从座位上站起来，满脸惭愧地说："对不起，老爷爷，我刚才没看见！"

老头儿坐了他让出的座位，气还没消，仍大声说："什么没看见？我看你是装的！"

被吼叫惊动的乘客中有人插话："刚才这孩子一直在看手机，确实没看到您老上车！"

老头儿反驳道："现在年轻人只知道看手机，真不像话！"

另有位年轻乘客说道："老爷爷，您打击面也太广了吧！车上这么多人不看手机，您也没看见呀！"

老头儿站起来指着那位年轻乘客说道："你小子有理呀！回去问问你爷爷，看他对你们这群年轻人满意不满意？"

那位年轻乘客答道："我爷爷早死了，他脾气可没您这么大！"

车上的乘客哄堂大笑，老头儿气不打一处来，还想发火。

我拉了他一把，说："老哥，快坐下吧！为这点小事儿，生这么大气，值得吗？"

老头儿一边坐下一边说："你还年轻吧，再过几年你会跟我一样生这些年轻人的气的！"

我问他八十几了？他说 80 了。

我问他生日，他说是 9 月 8 日。

我哈哈大笑："没满 80！您不过是个小老弟！"

他问我多大，我说已过 83 岁了，那老头儿吃惊大声呼喊："快给这位老大爷让座！"

好几个年轻人都站起来，我说谢谢大家，我快到站了。

老头儿拉着我的手问："您看上去比我至少年轻 20 岁！您是怎么养生的？教教我吧！"

我一边下车一边说："少生气，遇事不要生气！"

车上传来阵阵笑声。

一碗粥之争

　　郑先生昨天请我的一位朋友吃饭，我也应邀出席。郑先生与我是第一次见面，其他几位朋友，我也不认识。

　　我们边吃边聊，谈话涉及身体健康。我左边座位的汪先生是郑先生的老乡，在聊城市做生意。我看他满面红光，便称赞他年富力强。他说实际上他身体不好，体检有"三高"。我看他吃得很少，这个菜不吃，那个菜也不吃，非常小心谨慎。我问他："你自己有什么感觉吗？"他说："什么感觉也没有。"我说："体检不能全信，包括医学界对体检的利弊都持有不同的观点。一些人认为，定期体检可以早发现早治疗，对于防病治病很重要。另一些人认为，定期体检是没病找病，本来靠人的免疫力可以自愈的病一被查出来，人反而会增加精神负担，越治越严重。"

　　汪先生睁大眼睛问我："您有'三高'吗？"我说："没有。"这时我的朋友插话说："他什么病都没有，很少吃药。"汪先生说，他认识的一位朋友就是吃太多药吃死的，他老伴也跟着死了。另一位朋友说，他认识一个人，那人本来活蹦乱跳的，但到医院体检后发现肝部有点问题，医生建议他住院检查，他当场晕倒。住院不久，检查结果还没出来人就死了。大家都认为他是被吓死的。

　　汪先生感到有点吃惊："体检会出这样的事？"

　　我说："据有的医学专家说，癌细胞人人皆有，它们潜伏在人体内就像睡着了的小孩，你不惹它们，它们就没事儿，你要把它们吵醒了，它们就会大吵大闹。"

我的朋友说："好，好！咱们就以"别吵醒睡着了的孩子"为题写一本书！"

郑先生说："体检可能还是重要的，身体这玩意儿说不清。"

我说："郑先生是山东大汉，看来你的身体很壮！平时怎么保养的？"

郑先生说："最重要的是，要注意吃，一点儿也不能马虎！"

午餐接近尾声，这时服务员给我们每人端来一碗粥。我拿起勺子准备喝粥，郑先生却大声呼唤："服务员，过来！你这是什么？"他高高举起粥碗。

服务员是个20多岁的男生，平静地回答："是粥，是白米粥。"

"你过来！看看这是粥吗？"郑先生声音更大了。

"这是白米粥，刚熬出来的。"服务员连声说。

"你们怎么熬的？"

"按照先生您的要求，白米下锅，水开后，再熬18分钟。"

我是喜欢喝粥的，第一次听说这个熬法。郑先生告诉我，白米下锅，水开后熬18分钟，这时食用对身体最好。

"叫你们厨师出来！"郑先生转向服务员，继续说着。

这时一位身着黑色制服、身材高挑的女子闻声进入我们的包间，很文雅地请出了郑先生。

我本来还有别的事，便趁郑先生离席，向在座的各位告别，请他们转告郑先生我先走，并代我表示歉意。

回家的路上我一直在想，如果为了身体健康，注意吃喝到这种程度，那人活得真是太痛苦了！

"黑车"出租

北京街上的车越来越多了。过去路窄车少，如今汽车数量日益增加，据说 2022 年年末北京全市机动车保有量 712.8 万辆，私家车居多。北京的路越来越多、越来越宽、越来越长，也越来越挤、越来越堵。北京立交桥的数量应居世界各大城市之首，不知是否有人做过统计。

我过去是公家人，办的一切事都是公事，只坐公务用车。2009 年我退休，不坐公务用车的概率也逐渐增加，这样一来，我对街上跑的车，便增加了一些新的认识。原来除公私两种属性分明的车外，还有出租车。出租汽车公司有国营和私营两种，公司旗下的车都不是为自己使用，而是为乘客使用，并以此盈利，这当然不算什么新闻，全世界都如此。

使我感到新鲜的是，还有一种被称为"黑车"的出租车，是一些没有在工商管理部门登记注册，不具备出租资格的车，他们属于私人所有。开"黑车"的司机们常在交通不便、管理不严的街区拉客赚钱。在人流高峰时，正规出租车难以满足人们的需要，他们便利用业余时间在大街小巷拉点乘客，赚点外快。

过去听说"黑车"，我脑子里第一时间把他们同招摇撞骗联系起来，绝对不敢同他们打交道。但是有一次却例外，那是在颐和园南门，天气很冷，我在那里打车。来来往往的出租车不少，我的两只手轮流不断伸向每一辆出租车，足足半个小时过去了，两手已经冻得通红，还是打不到一辆车。而等车的人越来越多，他们和我一样搓着手、跺着脚，一边试图温暖自己，一边咒骂着出租车难打。

这时有几辆"黑车"车主殷勤地向我们招手："先生！这边有车！""请放心，价钱一样的！""不会骗你们的！"一开始我们这些等车人对他们都置之不理，后来有一对男女走近了其中一辆，看他们同车主嘀嘀咕咕一阵后上车走了。接着又有一位绅士模样的人也上了一辆"黑车"。我便也紧随其后，一位"黑车"车主迎上来："先生！请上车！"我问："我要到万寿路，多少钱？"他说："请您先上车，拉到了再算！"我没有上车，继续问："多少钱？"他答："30元左右，到了再算。"我合计了一下，比正规出租车收费稍高一点，不算宰客，就上了车。

车开动后，我们聊起天来，我说："你这车不错嘛，帕萨特也是名牌，而且收拾得这么干净，跟新车一样！你每天都拉客吗？"他笑了笑："哪里！我是做工程的，运气不好，老人生病，孩子也生病，家里麻烦多、开销大，下班之后跑跑出租，其实赚不了几个钱，还叫人家看不起，以为我是跑私活！"我听了心里感到一阵酸楚，车到了万寿路，我掏出50元给他。我下了车，他却追过来要找给我20元。我说："别了，咱们认识一回不容易！"我又掏出100元要给他，他死活不收，开车而去。

家里人知道我有打"黑车"的记录便很不放心，一再说我没有碰到骗子不等于没有骗子，提醒我一定不得再打"黑车"，否则会有意想不到的可怕情形发生！我也只好听劝，不再为"黑车"辩护。

　　随着互联网技术的发展和手机的智能化，网约车迅速崛起，私家车车主和乘客都可以通过手机里的滴滴、高德等软件拉活、乘车，"黑车"也逐渐退出了舞台。

谋　职

有一位老朋友给我介绍他的亲戚，是个年轻人。他来找我，我接待了他，原来他希望我帮他找个新的工作。他说自己现在的工作太辛苦，不仅日夜操劳，而且随时面临着被淘汰。因此他想换个工作，他想找朝九晚五的工作，觉得那样的工作安逸而充实。

我说你的这种愿望很纯朴，也很实际，一点也不算奢望，但是现在要找个合适的工作确实不容易。他说："您是老领导，我家老爷子说，只要您说句话，应该是没有问题的。"

我苦笑着说："现在人才市场竞争很激烈，用人单位招人有很高的透明度，领导说话不管用，何况我退休多年了。2022 年北京全市常住人口已经有 2000 多万人，其中常住外来人口有 800 多万人。他们中有的人没有稳定的职业、没有稳定的收入，但是都期盼着能碰到某个带来美好前程的机遇。这些人中有大学本科毕业生，有研究生，有博士，有博士后，也有不少"海归"。如果有一个单位招人，他们中的一帮人马上一拥而上，几十人上百人竞争一个岗位。困难程度可想而知。现在各单位各部门在岗的人员压力也很大，有大批失业人口站在他们后面，他们稍微表现不好，就有可能被淘汰，没有了昔日铁饭碗的保障。在这样的情况下，对于你求职的要求，我只能说，你的困难我感同身受，但要我给你安排一个职位，我不敢作任何承诺。有机会我可以帮你打听一下，给你提供一些就业信息。"

他听了之后，灰心丧气，说他们这一代人没赶上好时代，不像我们老一辈年轻的时候工作好找，岗位稳定。

我说："孩子，我们年轻时的困难你想象不到，你现在有份工作就不错了。你应当先把现在的工作做好，同时多学点本事，靠自己的努力，慢慢寻找机会，求得发展，靠关系走后门是希望不大的。"

他给我深深鞠了一躬，向我告辞。我看着他离去，心里很难过：现在的孩子也不容易啊！

瞻仰观音

在广东省某处，朋友带我瞻仰新立的观音像，我们坐着电瓶车沿着山林通道，弯弯曲曲开了 40 多分钟。进入了观音广场，在 400 多米高的山顶，我抬头向上看，只觉得观音像在云中移动，脚下也似乎在移动。我低头看自己周围，这才明白是白云的整体移动，使菩萨和人都有动感。

这种感觉很有意思，我好奇地问："观音像有多高？"

朋友带着几分自豪说："这个观音坐像高 33 米。"

"用的什么石料？"

"最好的福建省莆田市的花岗岩。"

"是一整块，还是拼接起来的？"

"是整块石料，观音手里的净瓶掏空了还有 7 吨重！"

"哎呀！那整体有多重？"

"3300 吨！"

"这么重，怎么雕塑的呢？"

"这是莆田市最著名的雕塑家的集体作品，您仔细看看，可以说是雕塑中的精品了。"

阳光从观音像的背后照向我们，我在阴凉处仔细端详，她面目和善，形态端庄，双眉微微向下，眼含悲悯，既似在讲经说法，又似在体察众生的疾苦，确实栩栩如生。广场两侧矗立着十八罗汉，在浮云的作用下，仿佛会移动一般。朋友告诉我，这里原是群山中的一个山头，现已成为森林公园的核心。历经几年的披荆斩棘，这个森林公园已被评为国家 4A 级旅游景区。

夕阳西下，我在返回的路上还在感慨：在改革开放的大潮中，中国的企业家真的敢想、敢说、敢干！

从榆林看西部

我是第一次来榆林市，也是第一次听到府谷这个名字。

陕北在革命年代，对中国革命有过特殊的贡献。我多次去过延安，也多次去过西安。我也知道榆林名气很大，但对榆林的了解只有一句话"米脂的婆姨绥德的汉"，说的是米脂县的女子特别漂亮，绥德县的男子特别健壮。可惜昨晚我到达榆林后，汽车路过这两个地方时，外面一片漆黑，什么也看不见，心里不免有点遗憾。但是当汽车进入府谷县城，只见灯火辉煌，到处都是高楼大厦，一片繁华，而且前有黄河，后有群山，非常壮观。我大为震撼，立即给家里发了短信："我简直不能相信这是陕北最边远的地方！"入住酒店后，我久久不能平静，我感受到了极大的鼓舞，看到了我们国家未来的希望。

十几年前，全国政协为了配合和支持中央确立西部大开发战略，曾经组建了一个小组。这个小组由我牵头，经过一年多时间的深入研究，写了一个调查报告，得出结论：区域的协调发展是所有大国走向强国的必由之路。我们在报告中提出，中国东西部区域发展的不平衡就像竞技场上的运动员，一条腿是健康的，一条腿是残疾的，这样不仅不能跑到终点，还很可能摔倒在中途。我们的报告受到领导同志的高度重视。

我一直关注着中国西部的发展，今天在榆林市、府谷县看到了希望。在这样边远的地方，经济、文化、生态、人民生活状况等各项指标都位于全国先进县的行列。府谷县与鄂尔多斯市紧邻，与大西北紧邻，如果中国西部都达到府谷县的发展水平，中国梦的实现就不远了。

尤其令我高兴的是这里的书画展，是由府谷县当地土生土长的一家民营企业发起举办的。据说这个企业布局多个产业，并且在社会公益事业、慈善事业、文化事业等诸多领域都有投资，我感到特别有意义。我在研究西部发展时产生了一个观点，我认为西部之所以发展滞后有历史原因、地理原因、气候原因，也有人的观念相对保守的原因，特别是缺少东南部地区那些民营企业的开拓精神。这次，在府谷县我看到当地的民营企业，看到西部也有自己土生土长的企业家，不仅做大，而且做强，有优秀的团队，有先进的理念，而且注重弘扬中华文化。

中文与汉字

西方人称中国古代有四大发明，但仔细想来，有着五千年以上文明史的中国何止四大发明？

单说中文与汉字，那就是我们祖先最具智慧的发明。

有记者曾采访我，问我做外交工作一辈子，最感自豪的是什么？我说我几乎到过所有有过古老文明的国家，我最感到自豪的是，唯有中国文明是贯穿五千多年没有中断过的，一直延续至今，一脉相承。其他古老文明都有过中断，甚至消亡。

中国文明没有中断，其中最重要的原因是汉字。汉字是世界上唯一一种未曾中断使用且延续至今的文字。其他的古老文字不是消失，就是在今天不可读、不可用，只是少数考古学家的研究对象。

从甲骨文、金文到大篆、小篆，再到隶书、楷书，汉字使中华文明代代相承，中国历史的记载也更加翔实。由于文字的统一，虽然汉语的方言千差万别，但中华民族不致分裂，民族的认同感贯穿几千年。

汉字具有极强的生命力且与时俱进。人类进入信息时代，有人曾断言，随着计算机的发明、电脑的广泛应用和普及，汉字不可能与电脑兼容，必会被逐渐淘汰，直至完全消亡。事实证明，中国汉字对电脑的适应，不亚于任何其他文字，而且随着信息化的发展、智能手机与网络的广泛应用，中文和汉字大放异彩，网络语言日新月异，达到空前繁荣的程度。现在世界各国的孔子学院如雨后春笋，外国人学中文的热情空前高涨，到中国来学习的学生也与日俱增。

中文还有一个独一无二的优势，就是汉字以单音节为基础，可以巧妙地组合成词。世界上的其他语言文字都难有这样的优势。这种优势形成了变化万千的诗、词、歌、赋、楹联、谜语等表达方式，也使中国文学都难以被翻译成任何外文而不伤其原意和精髓。

中国作家难以得诺贝尔文学奖，其实是因为诺奖和中国文学无法对应。越是博大精深，就与诺奖距离越远。我认为，没有任何其他的语言和文字能全面表达中国的《红楼梦》，当然更深奥的中国著作就别提了。

汉字还有一个特点，它使自己成为一门独特的艺术：书法。书法由汉字的象形美演进而成，历朝历代的书法形成无数风格与流派，并与绘画、雕刻、陶瓷、建筑、民间工艺等各种艺术形式结合，装点着名胜古迹、宫殿庙宇、庭院民宅、商铺馆驿，渗透一切社会生活，成为中国文化区别于其他文化的特有标志，是中华民族意识认同的重要符号之一。世界上的其他语言文字也有美术书写的形式，但成为独立的艺术形式，而且渗透社会生活的方方面面，贯穿几千年，一脉相承的，唯有汉字书法。

汉字书法成为一种独立的艺术，有篆、隶、楷、行、草五种不同的呈现形式，各有妙处。中国画与书法同宗，将诗、书、画、印融为一体成为独特的艺术。

1995年，为纪念联合国成立50周年，中国画家王林旭创作了一幅题为《和平万年》的巨幅中国水墨画。同年3月，王林旭代表中国将此画赠予联合国。同年 10 月，加利秘书长授予王林旭"联合国世界和平使者"的称号。

中国的书法与国画是中国文化的重要载体，中华民族在漫长的历史长河中，仍然维系着团结和统一，其中汉字起了重要作用。汉字历经数千年的漫长岁月，有着强大的生命力和稳定性，它记录了中华文明，也将继续书写新时代的篇章。

鱼　乐

　　为了迎接新年，我特意到鱼市花了 100 元钱买了 30 条小鱼"红鹦鹉"。放进早已备好的水族箱里，它们迅速散开，游向四面八方，鱼缸里顿时一片通红，大人和孩子一同欢呼，为家里增添了节日的喜庆。

　　红鹦鹉胆子很小，到了新的地方受到惊吓会乱游一气，过了一阵子它们便拥挤成一团，或躲进水草丛中，或藏在过滤器的旮旯里。如有人从鱼缸边经过，它们便把头塞进黑暗中，加速地摇动着尾巴，似乎在呼喊"救命呀！"每每出现这种情况，我便呼吁路过者"请走开！"只是不知鱼儿们听懂我的话没有。

　　头几天，红鹦鹉拒绝进食。我备有好几种鱼饲料，有大颗粒的、有小颗粒的、有漂浮的、有沉底的、有红色的、有白色的，投进缸里，它们闻都不闻，根本不愿离开它们的"避难所"。第三天便有一条被活活饿死。我捞出它来，说一声"对不起"，将它放进了垃圾桶。我担心其他鱼也会是同样命运，真不知该怎么办。

　　可是第四天，出现了转机。那一天家里人都出去了，我向鱼缸投入一种红色小颗粒的漂浮饲料后，远远地坐在小凳上观察，不一会儿只见一条小鱼离开水草慢慢游到上面，突然嗖的一下蹿到水面，吞食了一粒鱼饲料，而后迅速游回原地。接着有第二条鱼蹿上来，第三条，第四条……几乎将近一半的鱼开始了第一顿午餐。那时我的心情别提有多高兴了，反正比我自己吃一顿大餐感觉还要愉快！

这样我便知道了，喂鱼时人一定要走开，这样它们才能安心进食。但是我自己必须让鱼认识我，因此每次投放饲料我都用勺儿敲敲鱼缸，或用手指弹弹饲料瓶，使它们逐渐熟悉这些声音。后来我喂食时它们会主动游过来，它们渐渐懂得我的声音，能识别我身上的气味，甚至我的身影。因为我路过鱼缸，常常并不是去喂食，它们也会向我游过来。我把手放在鱼缸的玻璃外划动时，它们会跟着我的手游来游去，我偶尔将手指放进鱼缸，有的鱼竟会过来舔舔我的手指，大概是在表示友好吧！

养鱼很有意思。鱼缸中水、草、鱼三者的关系实际是个小生态圈，取得平衡也不简单。红鹦鹉是热带鱼，需要 26 摄氏度左右的水温，而水草则最好生活在 18 摄氏度左右的水中，而且有的水草红鹦鹉是会吃掉的。为了保证鱼的活动环境，我不断更换水草，但是连最皮实的草也难以永久与红鹦鹉共生。我观察了许多养红鹦鹉的酒店，大多数都不养水草，我最后索性单养鱼不养草，虽然减少了景观的美感，但鱼的生存环境得到了改善。

红鹦鹉也会生病，一天，有几条鱼情绪不好，躲在旮旯里一动不动，对投放的饲料一点反应也没有。我询问卖鱼的商家，他们告诉我红鹦鹉也许是得了感冒，并推荐给我一种绿色药水。我按照说明书的要求，投放了药水。第二天这些病鱼开始游动，第三天重新进食。我发现是之前物业修理电线时的断电使鱼缸的温度降低，从而造成了红鹦鹉的感冒。这之后再发生临时断电，我会及时往鱼缸里添加适量热水，保持水温不变。

有的红鹦鹉还得过一种病，身上出现白色或者黑色的斑点，同时伴有局部红肿。这时病鱼会表现得很烦躁，游动没有规律，不时拿身体到处磨蹭，甚至同其他鱼碰撞。我问养鱼的朋友，他说这是病菌引起的，必须及时治疗，否则会传染给其他鱼，造成群体死亡。我问怎么治。他说要用青霉素。我去鱼市到处打听，所有人都回答没有青霉素卖。我又转问朋友，有没有别的药可以代替。他说别的药效都不好，唯有青霉素效果最好。我说："现在没有青霉素怎么办？"他说："我替你想办法。"几天后他给我送来了几支青霉素针剂，我全部投入鱼缸，果然几天后那些病鱼全都好转，斑点与肿块也逐渐消除。

就这样，这29条红鹦鹉跟随我，从2009年的春节前夕一直游到2011年的11月。某一天，其中一条鱼肚皮侧翻，横卧在鱼缸底，头和尾还在动弹做挣扎状。我见势不妙，立即从缸里捞出来看看，病鱼并没有外伤，不像是感冒，也不是斑点病。我赶去鱼市询问，有人问我："你这鱼多大岁数？"我说："已经养了两年多了，到今年春节便是三年。"他说："别治了，怕是到岁数了。"我怏怏而归，回到家见那条鱼还在挣扎，我无能为力，心里无限惋惜。

第二天一早，我见那鱼已漂在水面上，便将它捞出来埋在院子的一棵松树下。此后将近3个月，不断有鱼重复踏上这令人无奈的命运之路，大约隔一两天或三四天，便有一条鱼被我送走。一直到12月底，我送走了最后一只红鹦鹉。

如今已经过去许多年了，我仍然有时会想起我那些远去的红鹦鹉。

老人言

今天是一位朋友的 102 岁生日。我去看她时，她正在阳台看报纸。我伸出双手一鞠躬，祝贺她生日快乐，她握住我的双手说："我送你四句话：不要吃得太好，不要吃得太饱，心态要保持好，走路不能太少。你也会一样长寿！"

我说她心态这么好，活 200 岁没有问题。她说活到哪一天，这她管不了，我也管不了。老天让她活到哪一天，她就活到哪一天。她只管今天，不管明天。

我问她现在还做点什么事，她说自己天天读书看报，还订了三本杂志，不读书脑子不活动就会痴呆。

我问："您还想些什么事吗？"

她说："过去是先看国家，后看世界，现在是先看世界，后想国家。"

"这个一先一后的排列有什么讲究吗？"

"有讲究，过去我们国家革命成功了，先看自己的进步，再想世界的问题。今天我们同世界接轨，得先看世界的问题，再想自己国家的事情。"

我说："您这是讲哲学，哲学就有共性和个性这个命题。"

她说："这不是哲学大道理，这是常识。"

"您对社会现象有什么担忧吗？"

"没有！过去我们那个时代，讲究的是不为名，不为利，只为人民服务，有许多人为革命牺牲了，甚至连名字都没留下来，那是那个时代的精神。现在有的人求名求利，讲求物质享受。我们不能用过去的标准要求现在的人，也不能用现在的人的标准要求过去的人。"

"人的精神是进步了，还是退步了？"

"长江后浪推前浪，后面的浪推动前面的浪，前面的浪被拍到岸边就消失了，后面的浪也会消失，然后又有新的浪。人也一样，新的人总是会代替老人。"

"这种代替永远是前进的吗？有没有后退的情形呢？"

"我想应该是前进的，凡是符合天意的会存在下去，不符合天意的会难以持久。"

"什么是天意呢？"

"天意，其实就是民意，即我们所说的人民大众的意愿，大概是人的共同意愿吧。"

谈　酒

中国制酒的历史源远流长，酒是中华文化的一种载体。

中华酒文化几乎与中华文明同步。最早的甲骨文中，"酉"是"酒"的本字，表示盛酒的坛子，后来加"水形"，表示酒是液体的形态。从商朝开始，人们就使用酒来祭祀。考古发现了大量中国商周时代的青铜器，其中最多的是鼎和尊，鼎是盛肉用的，尊是盛酒用的。

秦汉以后，历朝历代酒文化不断传承演绎，变成全民族共享的一种礼仪与友情的表达形式，上至王侯将相，下至平民百姓，都有饮酒的习惯。一切重大的礼仪活动，一切友好的交往，都缺不了酒，所谓无酒不成礼仪。中国历来有两种人最喜欢喝酒，并且喝得独具特色。一类是文人墨客，特别是诗人，他们留下了大量脍炙人口的名篇，如李白的《将进酒》、欧阳修的《醉翁亭记》、苏轼的《水调歌头》等。另一类是英雄好汉。一部《水浒传》写下了梁山好汉如何喝酒吃肉，行侠仗义，打抱不平，替天行道。

对于一般老百姓来说，从前只有在过年过节或亲朋好友相聚时才会以酒相待。平时自己只是喝点小酒，自斟自酌，或自得其乐，或自解忧愁。酒通常是不随意上桌共饮的，太贵一般买不起。

自改革开放以来，人们过上了小康的日子，相聚一起喝酒已是家常便饭。过去喝的酒一般比较便宜，现在越来越多的人开始选择高质高价的名牌好酒。

中国改革开放 40 多年，中国人民的生活发生了翻天覆地的变化，中国对世界的发展也产生了重大影响。现在我国每天有成千上万的人出国，一年出国旅游、求学、做生意的总人数以百万千万计，世界上凡是有人的地方就有中国人，就有中国企业、中国产品，自然也少不了中国的酒店、饭店。同样的，全世界对中国酒的需求量也在不断增长。

蜀南竹海

这次到重庆，我主要是借道到宜宾市看蜀南竹海。

我国产竹的地方很多，我老家湖北也产竹，咸宁市的万亩竹林也很有名。竹子是中国文人的最爱，至少是最爱之一。写竹、画竹、吟竹、颂竹的人，千百年来络绎不绝，有人高调表白对竹的感情："宁可食无肉，不可居无竹"。只差说宁可饿死，也要与竹同居。这次我不怕山高路遥，宁可累死，也要瞧瞧这闻名天下的蜀南竹海。

这次走的路程确实不短。虽然重庆到宜宾的路况、车况相当好，但是长途大巴也足足走了6个小时，其中2个小时耽误在重庆市内了，因为交通堵塞，4个小时的高速则毫无阻碍，到了宜宾还要驱车2个多小时才进入竹海。

从阳光灿烂的上午到夕阳西下的黄昏，车才进入竹海地界，就像穿越一条漫长的隧道，没有路灯，全靠两边的反光指引，车灯所照之处全是竹子。我问司机，这里除竹子之外还有什么。他笑答："还有竹子。"

他还讲了个故事，说前些日子他载一位老先生到这里，那位老先生第二天早上在外面转了一圈，吃完早餐后拉着行李要走。他问："老人家您不是要看竹海吗？怎么刚来就要走？"老先生说："竹海不就是竹子多些吗？看海非到海中央去看不可吗？海边看水不也一样吗？"

老先生坚持要到大足区去看摩崖石刻。

我们都笑说："这位老先生白来一趟！"这时，我们从竹子的隧道中看到了外面的灯光，那是一个旅游中心，有 20 多家店铺。我们选择了灯光最亮堂的酒店，店主是位女子，她热情迎接我们，我们在房间稍事休息后，准备用餐，我们的确饿了。

她拿出菜谱请我们点菜，并自夸她这里饭菜的特色就是全竹宴，即全部用竹林里的东西做的。她还问我们想不想看样品。我们跟着她走到玻璃厨柜前，里面的盘盘碟碟展示着各色各样的菜肴，有不少奇形怪状的东西，我们从未见过。她便告诉我们，这是竹蛋，就像鸡蛋，但是营养不知比鸡蛋高过多少倍；这个叫竹肾，男子吃了能壮阳，女子吃了能补阴；这个叫竹心、竹肝、竹肺、竹肠子……我听她兴致勃勃地介绍，感到有点可笑，禁不住打断她："老板娘，这些不就是竹林里生长的各种蘑菇吗？都是很好的东西，怎么起这样一些难听的名字呢？"她说："不难听，这样听起来好吃！"我说："这样听了不想吃了！"她满脸堆笑："好吃！好吃！"

由于天晚客少，服务员很快按我们的要求上了五菜一汤，第一道便是竹肾，其他都是肝肠肺肚之类的菜。我们早已饿了，争先恐后地伸出筷子汤勺。老板娘笑眯眯问我们："好吃吧？"我们齐声称赞道："好吃！好吃！"把那些俗不可耐的名字都一概忽略不记了。

第二天一早，我们早餐吃的是竹笋馅包子和竹荪米粥，房前屋后、山上山下满眼都是竹子。女店主告诉我们，竹海很大，景点很多，年轻人游览几天也走不完，上了年纪的人徒步是不行的。她给我们介绍了一位中年男子，我们包车一天，由他做我们的司机兼导游。

那位司机曾经在湖北当过兵，知道我是湖北人，对我们特别热情。他说我们想看什么，他一定满足我们，一切听我们的。我们说我们对这里一无所知，一切都听他的。于是由他做主，带领我们在茫茫的竹海中穿梭，我们仅用了一天时间，便游览了仙女湖、海中海、仙寓洞、天宝寨、翡翠长廊、七彩飞瀑、青龙湖、观云台等主要景点，我们从不同的视角欣赏了大自然的另一种美。得益于上天的力量和智慧，70多个种类、数10亿株竹子，体态优美，拔地通天，覆盖山丘起伏、水网纵横的蜀南大地，形成一望无际的绿色海洋，与茫茫蓝色大海相比，确是另一番景象，但也同样波澜壮阔。

我这才发现，中国文人笔下的竹子多是文静的气质、优雅的体态、脱俗的风格、耐寒的精神，这些大体属于竹子个体的特性。而蜀南竹海体现的是竹子的另一种特性，是竹子的群体特性，是竹子的博大气概，它们盘根错节，抱成一团，高速生长，无限扩展，直至顶天立地，组成绿色的海洋，生生不息与日月争辉！

壮哉，竹！伟哉，竹！

一只绣公鸡

中国自古就有送礼的传统。礼物是一种祝福，是一种期盼，"千里送鹅毛，礼轻情义重"，礼物的价值不在价钱，而在情义。送礼也是一种文化。

有一年，我访问南美洲一个国家，时任总统的执政党领袖即将下野，大选的序幕已经拉开，在野党的民调显示逐渐上升，占据优势。这个在野党的领袖、总统候选人对华态度不甚友好，我们想把工作做在前面。

我带领一个代表团拜访了执政党，然后去拜访这个在野党，见到了这位正在忙于大选的总统候选人。我们交谈得不错，消除了他对华的一些疑虑和误解。在告别时，我们赠送给他一幅绣品，是一只栩栩如生的公鸡，他兴奋不已，于是请我们到楼上会议室。他请部下立即通知召开中央临时会议，举行受礼仪式。他叫工作人员摘去正墙中央的旧绣品，换上我们送来的新绣品。

绣品是我们到市场挑选的，花钱不多，却很精致。原本绣品是条幅状，我们按照拉美的习惯和审美观，改做成方型，又给框架的层次和色彩做了美化，与画面和谐一致，显得富丽堂皇、高贵喜庆。

一尊瓷寿星

一尊瓷寿星，感动两代人。

那时我还年轻，一位朋友调到某省当领导，他邀请我去做客。离别前，他带我参观钧瓷博物馆，让我选择一两件钧瓷作纪念。我笑着说，欣赏是必要的，受礼是不可以的。他也笑答，绝对不用公款，由他自己掏腰包。

我们边说边笑，欣赏着琳琅满目的瓷器，赞不绝口。他一直向我推荐，指这个指那个，我都说很好，但是我家里没有地方放。他笑着说："你今天不选一件，不让走！"陪同参观的人都笑了。

忽然我眼前一亮，发现一尊钧瓷寿星，其五官四肢、身材神态，和离休多年的一位老前辈一模一样，我几乎要惊叫起来！我问："这寿星是有人定制的吗？"馆长说不是。待我想继续发问时，我的朋友上前一步，问我想要这尊钧瓷寿星吗。我说想要，但必须由我买下来，我正掏腰包，他推开我说："好，你买它，我买单！"大家都笑了。

临近春节时，我把瓷寿星送到老前辈家，他一见非常高兴，问是不是特意定做的。我说不是，他不信，他的家人也都不信。他们追问是否有人给钧窑提供过照片。我说没有。他们笑说："这是天意啊！"老前辈高兴地收下了。

老前辈将这尊寿星放置在客厅正中位置，直到 102 岁临终前，他把一切后事交代完了，最后对老伴说："将那尊寿星送给北海吧，这是他特意为我定做的！陪了我这么多年，留给他做个纪念！"我非常激动地从老前辈的老伴手中接过了这尊纪念物。

老前辈已离世多年，我每看到这尊瓷寿星就很感慨：一尊瓷寿星，感动两代人！

种子的力量

记得鲁迅先生在一篇文章中讲到种子的力量，有的树的种子甚至可以在巨石下生根，然后从缝隙中爬出来，掀开巨石，生长成参天大树。

我在云贵川等地，仔细观察过喀斯特地貌地区的植物。有的树居然长在石头之上，只是因为石头上面曾有一个酒杯大小的凹陷，雨后留有一杯水，种子便利用那点儿水迅速发芽，并释放出一点儿酸性物质，对石头造成轻度的腐蚀。日积月累，若干年后根系不断向下延伸，直至到达土壤，便加速扩张，逐渐长成大树，将巨石分割成片，使之成为整个大树的根系保护系统，从而屹立于石林之中。这类树不算特别高大，但都是百岁甚至千岁寿星，令人肃然起敬。

"喀斯特"原是南斯拉夫西北部伊斯特拉半岛上的石灰岩高原的名字，面积不大，现属克罗地亚，因为奇山怪石在欧洲独一无二，被当时的地质学家命名为喀斯特地貌。后来才知道这样的地貌在亚洲、美洲也有，尤其是中国，像广西桂林、云南石林、湖南张家界、贵州万峰林、四川九寨沟等等都有着秀丽的喀斯特地貌风光。这些地方的喀斯特地貌不仅奇特，而且植被也千奇百怪。在通天石峰、悬崖峭壁、万丈天坑、悬河飞瀑等处，无论环境多么险要，只要有一滴水、一缕阳光，那里便有植物，或树或草或花，因势而立，因时而长，甚至阴暗无光的地方，也有低级植被的踪迹。

喀斯特地貌区，堪称展示植物种子生命力的百科全书。

如果对应到人生经验上，种子的启迪是，伟大的成就离不开坚定的信心、顽强的意志和长久的坚持。

信与使

你们听说过吗？在中国驻世界各国大使馆，过去有一种人最受欢迎，你们知道是谁吗？

他们就是外交信使。每隔一段时间，外交信使会赴中国驻各国使馆送信。信使一到，使馆所有人是什么状态？使馆人员热情欢迎。信使邮包一打开，信件便被一抢而空，整个使馆顿时活跃起来，各看各信，有哭的，有笑的，有说的，有跳的，至少兴奋一两天。所有人都会亲近信使、打听消息，请求其帮忙带信带物回家，信使成为每个人的朋友，成为最受欢迎的人。

我听说，如今大不同了。现在，外交信使到了各使馆，一片冷清，门可罗雀。他们只送去文件，只有大使参赞等官员重视。至于个人家信，现代信息手段将每个人的脑子塞得满满的，家里有什么事，通过手机都能知道。至于捎带什么东西回家，也完全没有必要，各国各地的东西，中国应有尽有，而且质量更好、价钱更低、送达速度更快。如果儿女想孝敬父母，在国外直接使用国内网购，快递员当天就能将生日蛋糕送到家里，然后打开手机，就可以和全家在线上共同庆祝父母生日快乐！

国外与国内通信如此密切，外交信使只能与时俱进，成为名副其实的"外交信使"！

钱的麻烦

我原来以为，凡是涉及钱的大事，必有麻烦。现在才体会到，涉及钱的小事也麻烦。

我平时是不管钱的，昨天老伴让我到银行去取钱。银行上午 9 点开门，我 8 点半到，我以为我不是第一个到的，也该第二，或第三，结果在我前面已有不少人了。不一会儿，我后头排起了长龙，一直延伸到门外。我第一次大清早到银行，听家里人说，现在去银行要排队，我这才提前去的。

9 点整，银行开门，一位女士站在门口发号，我领到 13 号，我后面一直发到 50 多号。柜台共有 5 个服务窗口，其中只有 2 个窗口办理个人存取款业务。等候的人都坐在椅子上休息，犹如列车里的乘客一般。

我随便拿了银行的一册宣传广告翻翻，里面展示的金融产品五花八门、各种服务业务一应俱全，总之顾客似乎是上帝，银行的服务很周到。我不懂这类金融产品，正想起来换点别的什么刊物瞧瞧，却听到一位朋友喊我的名字。我问他："这么早，你怎么也来银行了？"他说："是散步路过，顺便代孩子取点钱。"我说："我没想到一大早，这么多人来银行！怎么回事？"他说："最近银行利息又提了一点儿，老百姓赶紧取呀存呀，为的就是那么一点小利！""哦！怪不得！我真的没想到是这个原因！"

"13 号请到 2 号窗口！"喇叭里传出叫我号码的声音，我赶紧对他说了声"对不起"，就去了窗口。

女营业员问："您办什么？"

我说："想取回几笔基金。"

她问："多少钱？"

我说："共 20 万。"

"今天不能取。"

"可以转成活期吗？"

"待我看看具体情况再说，您填赎回单了吗？"

"没有，我不知赎回单在哪里。"

"您去门口那边，找大堂经理，她会帮您。"

我到了入口处，寻找大堂经理，有人告诉我她办事去了，一会儿就回来，请我等一会儿。我便坐下来等待。这时已经过了 10 点，等候的人群中，不断有人站起来走动，还有人凑近窗口看看为什么办事这么慢，维持秩序的保安劝说大家坐下。

过了好一会儿，大堂经理来了，教我填写了赎回单。因为我买了 4 个基金，需写明每个基金多少钱、代码是什么，一共四行字，其实不难，5 分钟就填完了，我却等了约半个小时。为什么这样的单子非得单独填写？我拿着单子回到窗口，那里已经被另一个人占领，业务员挥手向我示意，让我等待，我便退到隔离线外等待。

这时已经快到 11 点了，忽听一位壮士在二号窗口前大喝一声："这位老太太，您怎么回事，我等了整整一个钟头，您怎么还没办完？您家有多少钱呀？一百万还是一千万？"

那位老太太一回头，便火冒三丈："你是谁家的孩子？怎么这么不懂事？大喊大叫！回家叫你妈好好管教！"

"老太太，不是我说您，您真的老糊涂了，叫您儿子儿媳妇来办吧！"

"你小子胡说八道！你妈才老糊涂了！"

……………

等候的人群开始七嘴八舌。

"别吵了！"

"那小子也太不像话了！"

"那老太太也太慢了！"

"银行的手续也太烦琐了！"

"为了几个臭钱，老百姓也太受罪了！"

骚乱了一阵，在保安和大堂经理的劝说下，一场茶杯里的风波终于平息。

我重新回到窗口，把赎回单递给了业务员，她瞧了瞧说："您的基金亏本了，为什么急着赎？"

我说："没有亏，有两个赚，有两个亏，互相抵消，不赔不赚，都赎回算了。"

"我建议赚的两个先赎回，亏的两个再等一等。"

"好，谢谢你的提醒，我先赎回10万！"

"请您把身份证给我。"

"好！"我把身份证给了她，她一看，说这基金是别人买的，需要本人的身份证。

我笑了："对不起，我没有注意，当时是我老伴来办的，我今天没带她的身份证，我代签行不行？"

"不行，必须是她本人的身份证！"

我急忙回家拿了老伴的身份证，返回银行时已经快12点了，我把老伴的身份证递给业务员，半开玩笑地对她说："你受累了，我为了赎回这笔钱，找你三趟了！"她看了看我，苦笑地说："哎呀，老人家真对不起！我忘了告诉您，赎回基金必须本人来取，您得请她本人来！"

我真的笑不出来了，我压住心中的愤怒，勉强小声地说："姑娘，你看为了这点事，我花了整整一上午，你能不能通融一下，我这里有两个身份证，还不能证明我的身份吗？"

她说："不行，这是规定！"

"可是，你第一时间也没告诉我啊！"

"对不起，我该吃饭了，请您让阿姨下午来吧！"她说着便将暂停服务的牌子挂到了窗口，扬长而去。

我找到大堂经理说明情况，她说："确实不能代办！我们这里有摄像头，会在您赎回时对照身份证照片，对不上是不可以办赎回的！"

哦，原来是这样！我正在感叹，准备走人，抬头看到朋友竟然还没有走，我问他："你遇到什么麻烦了，怎么还在这里？"他说："我为孩子代取点钱，只带了他的身份证，而没带我自己的身份证，我跑回家一趟找不到我的身份证，只好和老伴一起来了。她带着她的身份证，可是她等不及，已经先到外面逛去了，现在还没回来，我只好等她！"

我们相对而笑，就此告别，互相勉励，别生闲气！

小病大医

一天，我去看望一位朋友。他的夫人端上来一盘水果，是几个新鲜的苹果和桃子，洗得很干净。桌上已有一把可折叠的水果刀，我挑了一个颜色红亮的苹果，打开铮亮的小刀，一圈一圈削下了苹果皮，是完整的一长条。我提起来炫耀说："你看，自然界多美的艺术品，红白相间的一条彩带，如弹簧一般！"

朋友笑着说："原来老兄是削苹果的高手！"

我一边笑，一边说："让我们分享这艺术的苹果！"

我用小刀将苹果切开，准备分成几等份，一不小心却让刀尖划破了左手食指的指头，顿时血染苹果。朋友大吃一惊，呼喊道："老太太，赶快拿云南白药来，李大哥手受伤了！"并埋怨夫人："你怎么搞的？我早就说过，让人用这么锋利的刀子削水果是很危险的！"

朋友生气地将那把小刀扔进了垃圾桶。

我笑着说："这分明是我大意了，关刀子什么事？更与尊夫人无关！你这是孩子跌倒了打石头，乱发脾气！哈哈！"

夫人也笑："他生我的气，是为了讨好你，李大哥应该奖励他才是！"说着她将云南白药敷在了我流血不止的手指上，又拿来创可贴贴在伤口处。我用力按住受伤的手指，大约十来分钟便止血了，也不那么疼了。

我按着受伤的手指，继续与朋友聊天，他却催我到医院看看，说这刀伤可能比较深，应当找医生瞧瞧，以防万一。我说不要紧的，不是很疼，坚持坐了几个小时才起身告别。

回到家里，孩子们见我手指受伤，包扎得又很不专业，提出要陪我到医院。我说："已经不疼了，血也止住了，没有必要再去医院，现在已经很晚了，明天再说吧。"他们说可以挂急诊，我说："你们不怕人家笑话？"

第二天，他们坚持要我去请医生瞧瞧，我说不怎么疼了，不想去医院。他们非要陪我去，我说："那好吧，我自己去吧，谁也别陪。"

下午到了医院，我去了外科，护士问："您有什么不舒服？"我说："没什么大事，切水果不小心，手指受了点伤。"我将受伤的手指给她瞧了瞧，她接过我的病历，送到诊室，叫我进去。

里面是一位中年大夫，亲切地请我坐下，并问我："您怎么不小心伤了手指，那刀有生锈吗？水果干净吗？给您上药的人洗过手吗？云南白药是什么时候买的？受伤有多长时间？为什么不早来医院？"我一一作答，他颇不满意，说："受伤后应当马上到医院，最好不要处理，最忌讳用药粉，有的老农甚至用香炉灰，您用云南白药只比他们稍好一点而已。"我嗯嗯地答着，不敢发表反对意见。

医生摆弄着我受伤的手指，看了看说："这创可贴胡乱贴着，这怎么行？！您跟我来！"他起身，我跟在后面，他喊道："小杨，请把门打开！"护士便打开隔壁的一间房，门外赫然挂着一块招牌"外科处置室"。她打开灯，里面顿时亮如白昼，各种医疗器械一目了然。医生告诉我这是个小型手术室，我惊问："我需要做手术吗？"他说先检查再说。

他叫护士揭开我手指上的创可贴，里面的云南白药已经同血混在一起，完全干了。医生叫护士用夹子敲了敲结疤处，并问我疼不疼，我说不太疼。他叫护士取来一小碗水，让我将结疤的手指放进去，我问："这是什么水？"他说："这是酒精，您的疤要泡透了才能取掉。"我问："已经结了疤，为什么还要取掉？"

他说："要看您的伤口。"

"伤口已经不疼了，还要看吗？"

"要看的，不看怎么知道？"说着他要我把受伤的手指浸泡在酒精碗里，他和护士出去了。

大约10分钟后，医生和护士回来，他问我："泡透了吗？"我说："应该泡透了。"

护士用夹子拔掉了我手指上的疤，我大叫一声："好疼啊！"顿时鲜血不断滴进碗里，医生用夹子翻开伤口，我疼痛难忍，医生却说："您的刀口约有三厘米长，需要缝合！小杨，你准备针线，用小号的，需要缝两针。"

我问："大夫，有必要缝吗？你们有没有可以粘贴的东西？粘起来包扎一下不是更好吗？"

医生说："没有，必须缝。"

护士说："您今天运气好，主任缝得可好了！"

我笑着说："主任，我久闻大名，您怎么到外科病房来了？"

医生笑了笑说："好像我们在什么地方见过面？"

我说："是的，您是乳腺科专家，我们见过，那已经是3年前了，时间过得真快呀！"

护士说："我们楼的大夫巡诊，今天您正好赶上主任，您运气好呀，人家预约还找不到啊！"

我说："是啊，我这小病遇到大主任，成本可高啦！"

三人都笑了。

医生叫护士拿来麻醉针，说在缝合之前必须打一针麻药，还说麻醉针很疼，请我务必忍一忍，我说没关系。结果一针进去，果然厉害。

不一会儿医生拔出麻醉针，问我："感觉不疼了吧？"

我说："手指已麻木如一节木头！"

"那我就开始缝了？"

"缝吧，主任妙手回春！"

医生很麻利，很快给我缝了两针。护士给我做了包扎，一层又一层，受伤的手指终于包装成一根漂亮的白萝卜，我笑着对医生说："现在什么都讲究豪华包装，你们的护士真能干，都成了手指美容师啦！"医生和护士都笑了。

我以为大功告成，问他们还有什么注意事项，谢过他们之后，准备走人。医生说，我还必须到楼下取药打针，要打预防破伤风的针和消炎针，还要服用止痛药。我说："划破我手指的刀是干净的，削完了整个苹果，苹果肉都是干净的，刀尖在苹果里面，没有接触外面的东西，应当没有被污染。再说受伤已经过了多少个小时了，如果有破伤风，不早在血液里流动了吗？还有必要打预防破伤风的针吗？"

医生说："您说得也对，但是按照规定，我必须开预防破伤风的针药，我不能不开药，用不用您自定吧！"

我说："消炎针倒也不必，我想等有炎症再说，主任您看行不行？"

医生说："我还是要开的，打不打消炎针您自定吧！中国人喜欢用抗生素，用多了的确不好。不过我们当医生的不能违背规定。"

护士说："请您星期四来换药，一个星期后拆线，现在您可以完全放心了。"

我到药房拿了药，看了看防破伤风的针药和消炎的针药的说明书，副作用都挺吓人的，当然那都是极而言之，不过我还是选择放弃使用，仅带了止痛片回去。晚上睡觉前，麻醉药性过去之后，我服用了一片止痛片。第二天早晨醒来，一切如常，虽然伤指仍有些痛感，但我连止痛药也不再服用了。我甚至认为，如果我昨天下午不去医院，云南白药可能就已经免去了我后来的所有疼痛。不过转念一想，我多了一次经历，也未必不是好事。

诱　惑

动物是聪明的，天生就怕吃亏上当，但经不住食物的诱惑，终究跌入了死亡的陷阱。

一、鱼戏钩

鱼戏钩是鱼的终极游戏。鱼在咬钩之前，会在钩的周围游来游去，疑虑重重，不肯下口。聪明的鱼儿有时会细心地吃掉诱饵，却能避开鱼钩。有的鱼儿看到别的鱼上钩，会吓得飞速远离。但是钓鱼人只要有耐心，鱼儿再聪明，也经不住诱饵的吸引。它会游回来，反反复复地玩着鱼戏钩的游戏，直到最后的"死亡之吻"。

二、鸟戏花篮

花篮是从前捕鸟人惯用的一种工具，以花卉和树枝编成，形同花篮，实际是个陷阱，里面放有鸟喜欢的食物，与开关相连，鸟一啄食便启动开关，鸟就会被囚禁起来，绝对逃脱不了。鸟是多疑的，初见花篮不会轻易进入，必上蹿下跳，左右观察。一旦在周围发现一些米粒或小虫之类的食物，它开始吃上一口，便会放松下来，如被磁石吸引一般，逐渐接近，以致轻松地走进花篮，启动终极开关。有的小鸟很聪明，不为食欲所动。捕鸟人会在花篮内外布置已经被驯服的鸟，在内外鸣叫，那些自由之鸟见到朋友，自然热情拥抱，误入网罗，悔之不及。

三、土鼠之醉

亚马逊原始森林中有一种土鼠，如小猪，是土著人喜欢的美食。此物机灵不易捕捉，但它有一个习惯，喜欢酒香。土著人投其所好，收集大量腐烂的野果，发酵后以酒香吸引它们。它们每每饱餐至酩酊大醉，不知死之将至矣！最终昏昏沉沉成为土著人的桌上美餐。

四、要吃不要命的猴

南美洲产一种猴，机灵可爱，有人捕捉此猴卖钱以为生计。此猴最爱香蕉，捕猴人为此设计了专门的陷阱，结构相当简单：一个木箱子，分成两部分，封闭的一侧放一根香蕉，可望而不可即，开放的一侧有个狭窄的窗口，能够让猴的前爪侧着伸进去，一旦握住香蕉，前爪就出不来了。猎人布局完毕后，回家睡觉，第二天来取，十拿九稳，聪明的猴子挣扎了一夜，但它对香蕉的贪婪，使它永远不会松开攥住香蕉的拳头。

粥饭寺

从前，有两位好朋友，因身材关系，互称胖哥与瘦弟。他们在洪水大灾之年，在不同地方落水遇难，却被同一艘船救起，从此结为生死之交，互相帮助，情同手足。至此已经十年有余，从未红过脸。

这一天，他俩结伴远行。在一片荒野中的一条羊肠小道旁，远远看到一眼井，胖子便对瘦子说："我口渴，那边有井，咱们过去喝口水再走，你看如何？"瘦子答道："我也走得累了，正好休息片刻，好再赶路。"

他们到了井边一看，却异常失望，原来那是一口旱井。胖子气馁地说道："咱们运气不好，这井怎么就没有一滴水？"瘦子却惊讶道：

"你瞧，里面怎么会闪着光？莫非有水！"胖子大惊："那好像不是水，好像是闪闪发光的金子！"瘦子说："是的，确实是金子！"

他俩兴奋异常，没想到在这偏远的地方会发现金子！两人赶忙在四周寻找，看看有没有可利用的工具，终于发现一根麻绳和一个柳筐。他们试了试，感觉结实可靠，便商定由瘦子下井，胖子在上面拉绳子。

胖子催促说："瘦弟快下！"

瘦子却说："今天有大喜之事，你我是否应该在此立约，请上苍见证你我兄弟的真诚！"

胖子说："好，瘦弟言之有理，你我捻土为香，对天盟誓！"

于是两人商量好誓词，一同跪地，对天磕头，口中念叨："苍天在上，咱兄弟俩今天得天赐福，弟下井取金，哥在上拉绳，合作得金，不论多少，对半平分。上天明鉴，任何一方食言，愿天诛地灭，决不毁约！"

瘦子套上绳索，携筐下井，刚一着地，便大叫一声："胖哥，不得了！"胖子问："有何新闻？"瘦子高呼："有金块20枚，沉甸甸的，每块足有半斤！一筐盛不起，起码得盛两筐！"胖子压低声音回应："好，分装两筐！你装上，我马上拉绳子！"

胖子在上面摆好架势，准备拉绳子，下面却迟迟没有动作，胖子大声问道："瘦弟，怎么啦？怎么还没装上？"

瘦子在下面答话："胖哥，我心跳得厉害，手一直发抖，连一枚金块都动不了！我想同你说说心里话，请你助我把心安静下来，好吗？"胖子说："那好吧。瘦弟，那你就说说得金后想干什么。"

"我想先盖房子，后娶媳妇，家父家母一直埋怨我耽误了他们抱孙子，我要让我父母亲享受人间的大福！尽了大孝，身为人子从此就心满意足了！胖哥，你怎么打算的？"

"瘦弟，你想的这些我都有了！我要买田置地，阡陌纵横！我还要买公牛和母牛、公猪和母猪、公鸡和母鸡、公鸭和母鸭，几年之后，会是牛成群，猪满圈，鸡鸭遍地走，我将成为远近闻名的富豪！"

"胖哥，我真羡慕你！"

"瘦弟，赶快装金子吧！别再耽误时间啦！"

"好，请拉绳子吧！"

胖子拉着沉重的绳，心跳加速，手也颤抖起来，待柳筐接近井口，他用力一拉，金块倒了一地。他感到眼前亮一阵黑一阵，脑子嗡的一声似乎有人在对他说："胖子，这是百年不遇的财富、万人不遇的天赐良机！这金子应当完全归你！"他想：是啊，这井是我先发现的！

他定了定神，心想：我先将空筐放下去再说吧。瘦子装了第二筐后叫了一声："胖哥，拉绳子！"胖子应声"好！"然后他用力迅速拉筐上来，与第一筐金子合在一处，整整20块，闪闪发光，光芒四射！此时他脑子闪出了一个念头：我应当落井下石，这金子便全属于我了！他正想去搬起身边不远处的石头，脑子嗡的一声，似乎有一个声音在他耳边说着："胖子，不行，你有誓言在先，会遭天诛地灭之灾的！"这时井下传出了喊声："胖哥，我要上来，请你快放绳吧！"

怎么办？怎么办？是下石头，还是下麻绳？胖子心神不定，脑子里忽然闪过一个念头：谁见过苍天？人们天天赌咒发誓，违背誓言的人什么事也没有，唯独我会有什么报应吗？他冷冷一笑："我不信老天爷会管我的闲事！"这时井下传出更急促的喊叫声："胖哥，我的亲哥，我快闷死了，快把绳子放下来吧！"

"罢了，就此一次！"胖子一咬牙，搬起了一块巨石，刚迈开脚步却绊了一跤，心想：不如我这就走了吧，这荒郊野外杳无人烟，井下又无粒米滴水，何须我落井下石？不用多时他便会渴死、饿死在井内，即使有人发现，也会以为他是失足落井而亡。

胖子放下石头，将沉甸甸的金子装进褡裢，稳稳地放到肩上，坚决地迈开脚步，朝着夕阳落山的方向走去。他听着井下呼救的声音愈来愈远，心里渐渐平静下来，开始哼起了当时颇为流行的《开心小调》。不料迎面走来一位挑夫，把他吓了一跳，他赶紧躲闪一边，待挑夫走远了，才回到原来的小路，一直向前走去。

此时，困在井下的瘦子陷入了绝望的恐惧中，由于井下黑得更早，他想今晚可能就是自己的末日了，没想到会死在自己一直视为亲哥的人的手里。回顾十年相交，竟看不出一丝破绽，是胖子有意隐瞒自己的本性，还是看到金子的一刹那改变了自己的本性？瘦子只怪自己瞎了眼，认贼为友，自作自受！可怜年迈的父母要承受丧子之痛。他想着想着，便从哀叹变为流泪，从流泪变为号啕大哭。

这时，有一只乌鸦哇的一声从井口上空飞过，接着便听到人的脚步声。

瘦子侧耳细听，果然是行人的脚步，这令他兴奋至极，他高呼："救命！救命！"那人原来正是胖子看到的挑夫，他听到井里有人呼救，便迅速赶到井口，放下麻绳，将瘦子救出，又给他干粮和水后，才问明缘由。听瘦子说完前因后果，他不禁唤起同情恻隐之心，便问适才在路上遇到的一个胖子可是瘦子所说的结拜兄弟。瘦子说准是，他一定要追上胖子，拿到县府问罪，并请挑夫作为证人随他同往。

瘦子与挑夫加快脚步，不到两个时辰便见到胖子就在前面赶路。胖子听到后面有人，回头一看，吓出一身冷汗，他想加快步伐寻找一个躲避之处，可是沉甸甸的金子使他步履维艰，很快就被瘦子追上。

瘦子大喝一声："无耻狂徒，休想逃走！"一下扑到胖子身上，想把他扭送官府。胖子扔起褡裢击打瘦子，将瘦子击倒在地，正想再下毒手，挑夫上前大喝："住手，休得错上加错！"

瘦子请求挑夫帮忙捉拿凶手，胖子心生一计，跪倒在地，说："老伯，分赃不均乃是我们兄弟之间的事情，我送您金块一枚，请您不要管我们的闲事！我无害他之心，是他自施苦肉之计！请您想想，如果我想害他，石头就在我的手边，绳子还会留在那里吗？"

挑夫犹豫起来，心想："是呀，胖子所言也有几分道理！此事与我无关！"便说："我说两位老弟，你们既是兄弟，请听我一句劝告，冤家宜解不宜结。瘦子兄弟，我已把你救到井外。胖子兄弟，你的金子我也不要。我还要赶我的路，你们就和解了吧！该谁的金子就归谁吧！"

挑夫说完拾起担子赶路去了。瘦子从地上爬起来，扭住胖子，边走边喊，非要拿他问罪。胖子想挑夫离此不远，自己还得有点耐心，让瘦子再纠缠一段路程，好设法收拾他，为时也不算太晚。

眼看那挑夫越走越远，太阳离山顶越来越近，前面却出现了一条河。瘦子心想：过了河就是章县，章县县太爷是个清官，办案铁面无私，我得坚持到底，一定要把这个狂徒扭送县衙，伸张正义。胖子却心想：我不能过河，不能再迟疑了，马上就要上桥，我要在桥上解决这个冤家。

两人一直扭着，瘦子骂着，胖子忍着，两人都汗流浃背，气喘吁吁。胖子身大力不亏，但饥肠辘辘。瘦子义愤填膺，但力不从心。一个保护金子不松手，一个怕贼逃遁也不松手，就这样，两人从路上扭到了桥上。那桥不宽，到了桥中间，胖子猛一使力，想借助褡裢的劲，将瘦子甩到河里，哪知瘦子早有准备，拽住褡裢，猛一使劲将自己和胖子一起都拉下河。河水湍急，瘦子水性好，立刻松手。胖子水性也好，却不愿松开褡裢。眼看瘦子浮出水面，开始游动，胖子却在咕噜咕噜喝水，沉入河里。瘦子心想，不能让胖子这样死去，必须将他绳之以法。瘦子便游向胖子，抓住他的头发，将他提起。胖子抱住瘦子，心想即使自己淹死，也要拉他同归于尽。两人正在难解难分之际，却有一条官船开来，船头一员黑大汉伸出长杆将两人救起。

黑大汉将两人带到正舱，高喊一声："两位乡民，还不赶快叩头！上座乃是章县县太爷！"

一位眉清目秀的官员问道："你们为何扭打在一起，至死不放，有什么冤情可以一一报告本县！"

瘦子首先声泪俱下，控告胖子见利忘义、谋财害命。胖子花言巧语，反告瘦子因分赃不均而欲加害于他。

县太爷并不发话，只命衙役下水捞金，顷刻二十枚金块就放在了县太爷面前。

县太爷问："瘦子，这 20 枚金块该如何处置，你可有想法？"

瘦子叩头："小民经历的这桩生死冤案，始终与金子有关。金子之利小人不得而知，金子之害小人刻骨铭心，金子使生死之交顷刻变成不共戴天之敌，金子害人害己，其害猛过虎也！如能化害为利，小民宁可饿死，也决不求这不义之金，小人只想全部捐献出去，并不想索回分文！一切行事，愿听老爷发落！"

县太爷转头问道："胖子，你有何话要说？"

胖子叩头："启禀老爷，旱井本是小民首先发现，所得金块对半分已是不公，但事已至此，如蒙老爷开恩，我能得回一半金块，自是感激不尽！"

县太爷命令衙役摆设临时公案，自己则居中而坐，高提惊堂木，大喝一声："升堂！"几名衙役齐呼："威武！"黑大汉高叫："你二人还不赶快下跪！"胖瘦二人闻声，一齐下跪。

县太爷宣："请师爷上堂！"

胖子和瘦子同时举目望去，原来上堂的师爷不是别人，正是帮他们化解冤仇的那位挑夫，不过此时他却是一副师爷打扮。

县太爷道："胖子、瘦子，你们且听本县宣判！瘦子控告胖子见利忘义、谋财害命，铁证如山！论律，胖子应被处以极刑！念你虽有杀人之心，终究未遂，为自己留了一条生路。本县宣判，没收胖子的 10 枚金块，再加瘦子自愿捐的 10 枚金块，共计 20 枚金块，以此修建庙宇一座，设大锅两口，一为熬粥，一为煮饭，故寺名为粥饭，意为为过往穷苦百姓施粥舍饭。瘦子为粥饭寺主持，统管财产。胖子为粥饭寺杂役，悔过自新。胖瘦二人的恩怨史铭刻庙前，以告诫今人，并警示后人。"

县太爷宣判退堂，胖瘦二人谢恩而去。

快乐岛

这是过去的事情，那时的人们生活得非常艰辛。传说有一个快乐岛，只要到了那里，人就会得到快乐。

有一天，一位女子行走在烈日下，步履维艰，体力渐渐不支，刚想坐下歇息，便晕倒在地。片刻后惊醒，她突然大呼"救命"，原来周围的毒蛇野兽正在向她爬来。幸好一位农妇路过这里，举起棍子，赶走了毒蛇野兽，又捧来凉水浇在她的头上，她这才惊魂稍定，说了声"感谢大姐"，就又闭上了眼睛。

"小妹，醒醒！"农妇给她喂水喂粮，她这才慢慢重新打起了精神。

农妇问她："你一个年轻女子，姓甚名谁？从哪来？到哪去？为何单身一人走到这里？"

那女子叹了一口气说："我姓狐名玉，从西边来，到东边去，为寻找快乐岛，已走了七天七夜！大姐，敢问你尊姓大名，请你告诉我，日后也好报答。"

农妇说："救人如救己，说什么报答！我姓施名茵，我家离这儿不远，眼看天色已晚，你单身一人行走野外，甚是危险，不如先到我家暂住，待歇息好了再赶路。"

狐玉随施茵来到山村一个农舍，两人谈得甚为投机。狐玉告诉施茵，她已遇到过几个男子，但没有一个中意的，因此她想到快乐岛去寻找真正的快乐，只是不知快乐岛还有多远。施茵说，快乐岛离这里还有七天七夜的路程，正好她明天也去那个方向，可以结伴同行。她还说去快乐岛有水路相通，可以省去徒步的疲劳。

第二天凌晨鸡鸣三遍后，她俩梳洗完毕，吃了早饭，带上干粮，准备上路。这时天已大亮，施茵打量狐玉，发现她与昨天似有不同。狐玉虽然年轻貌美，却面带阴沉、眉间有怨，施茵心想：看她这样，应是值得同情之人！我应帮她一把！

狐玉也在打量施茵，也觉得她与昨天不同。施茵面目清秀，年纪比自己大些，言行举止颇为热情，狐玉心想：她真是个好人，我应借助她的力量！

两位女子，心中想着不同，脸上却都笑着，一起说说笑笑上了乌篷船。施茵摇着桨，狐玉坐在船头看着移动的山山水水，就这样在山重水复中，太阳渐渐西沉。她们看到前面有一小村，便划船靠岸。施茵告诉狐玉，这便是她的情郎飞腾的家，他们说好今天相会。她和他去年在乞巧节上相爱，预定明年完婚。

飞腾正在村前等候，见船到岸，赶忙迎上前去，却见施茵有另一女子相陪，深感奇怪。经施茵讲述她们相识的故事，他这才多添几分高兴。狐玉见飞腾身强体健，一表人才，心下赞叹。又见他与施茵相依相偎，她心中更生几分羡慕。她不由自主地想：我要有这等男子相伴，该有多好！

那天晚上飞腾携施茵到角楼谈情说爱去了，狐玉却在床上思前想后：唉，人人都夸我聪明，可我怎么就得不到一个意中人呢！施茵有什么本事？简直就是个傻大姐，怎么就能遇到这样的好男子呢？唉，谁叫我命苦，多年来求之不得，该如何是好？我真的命苦吗？我不信！我为什么要千辛万苦寻找快乐岛，真的有这样的岛吗？可能根本就没有！现在快乐就在眼前，可是不是我的！我怎么办？我要设法从她手里把他夺过来。

第二天一早她们俩告别了飞腾，继续沿着水路前进。走了半日，船至一个转弯处，河水深，水流急，又逢大风大雨，浪涛滚滚，船尾剧烈摇晃。施茵一人摇桨甚是困难，她叫狐玉过来帮忙。狐玉猫腰来到后舱，乘施茵低头弯腰修整船舵之机，猛推施茵一把，施茵便一头栽到水中，扑腾数下，顷刻踪影全无。

狐玉在船上等了片刻，虽心有余悸，但毕竟快乐多于慌乱，定了定神后，断定施茵没有生还希望，便掉转船头，顺流而下。沿途狐玉一直观察水面，并无一丝痕迹。直到到达飞腾的小村，狐玉摇船靠岸，跳入水中，将全身弄得肮脏不堪，且披头散发，才大哭大喊，奔向飞腾家报丧。

飞腾捶胸顿足，号啕大哭，随即他带领狐玉，摇桨催船，直到傍晚，到了施茵落水处，四周并无人迹。他绝望地看着夕阳西下，西天红透，猛然见一女子亭亭玉立于巨石之上，恰似一尊雕像俯瞰大地，不是别人，正是施茵！飞腾飞也似地跑过去，施茵也张开双臂迎过来……

狐玉从呆傻中惊醒，仓皇驾船逃遁。

一锭银子

这事发生在从前，那时还没有纸币，交换货物都使用银子。

有一天，一个小个子走累了，在路边一棵树下歇息。他喜欢唠叨，看看头顶的太阳，不禁感叹："唉，今天运气不好，一大早就起来赶集。现在快到中午了，两手空空，我怎么回家见我媳妇？"他唠叨着，越想越伤心，竟流出了眼泪。

说来也巧，这时有一只小鸟撞到树掉了下来，正好掉在他的跟前。小鸟在地上打了个滚，对他叫了几声，那声音很清脆，分明是一只百灵鸟。他顿时破涕为笑："老天爷，这一定是您老人家怜悯我，给我送银子啦！"他高高兴兴捧起小鸟，回到集市卖了一锭银子。

他手里有了一锭银子，一边走着，一边乐着，将银子从左手倒到右手，又从右手倒到左手，摸着、吻着、唠叨着："我媳妇一定会夸奖我，我能赚到这么光灿灿的银子！我们可以买一只鸡，鸡生蛋，蛋生鸡，用不了几年，我们便会……"他上了桥，一不小心，银子从他手中滑落到河里。河不深，但是他有点恐水，顿时急得慌了手脚，大声呼喊"救命"，周围竟空无一人。

他悲痛极了，坐在河边哭泣，哭得满脸泪水。过了一会儿，一个胖子路过这里，走近他。

"喂！小个子，什么事哭得这么伤心？"胖子同情地问道。

"我仅有的一锭银子掉进了河里。"小个子回答说。

"你的不幸真令人同情。我送你一锭银子。别哭了!"胖子从背包里掏出一锭银子塞到小个子手里。

小个子接过银子,依旧哭着。

"你怎么还哭得这么伤心?"胖子感到有点迷惑。

"要是那一锭银子没有掉进河里,现在我就有两锭了!"小个子继续哭着回答。

"那怎么挽回呢?"胖子继续问道。

"可以挽回的。请你帮我下河把那一锭银子捞上来!"小个子提出了自己的想法。

胖子无言以对,从小个子手里夺回自己的银子,便快快而去。

于是小个子坐在原来的地方,继续哭泣,哭得和开始的时候一样伤心。这时有一个大个子经过这里,走近他。

"喂!小个子,什么伤心事哭得这么伤心?"大个子同情地问道。

"我仅有的一锭银子掉进了河里。"小个子回答说。

"我帮你下河捞起来,别哭了!"大个子一面说着,一面卷起裤腿下河。

不一会儿,大个子从河里捞上来一锭银子,交给了小个子。他正要继续赶路,小个子却依旧坐在原地哭泣,伤心不减。

"你的银子已经找回来了,为什么还哭得这么伤心?"大个子不解道。

"因为我还被人抢走了一锭银子。"小个子回答说。

"那是怎么一回事呢?"大个子关切地问道。

小个子于是将胖子如何给他一锭银子又如何从他手里抢走的事说了一遍。大个子听完,便劝说道:"那本来就是人家的钱,怎么能叫抢?"

"既然给了我，就是我的！"小个子争辩道。

"那好！"大个子沉思片刻继续说道，"请你把我刚从河里捞上来的银子给我看一下。"

小个子于是将银子交给了大个子，大个子接过银子拔腿就走。

"你上哪里去？"小个子着急地问。

"赶我的路！"大个子没有回头。

"那是我的银子！我的！"

"既然给了我，就是我的！这是你说的。"大个子已经走远了。

小个子非常气愤，呼天抢地一阵后，他擦干眼泪，决心把大个子告上公堂，一定要讨回公道。

击鼓升堂后，县太爷判断有冤情，立即将大个子提来同小个子对质。他威严地质问大个子："大胆刁民，胆敢在光天化日之下，抢夺小个子的银子，还不赶快如实招来！"

"启禀老爷，小民冤枉！小民清早赶集，卖了一只鸡，换来一锭银子，这银子分明是我的！请老爷明察！"大个子跪在地上辩解道。

县太爷把脸一沉，转向小个子："哼，大胆，你竟敢诬告大个子，该当何罪？还不赶快招来！"

"老爷！请您别信大个子一派胡言！那锭银子是我卖鸟换来的，怎么是他用鸡换的！请老爷开恩，为民做主，还小民一个公道！"

县太爷一时没了主意，他问身边的师爷该信谁的，师爷说："应当信大个子！"

县太爷将惊堂木往桌上一拍，大喝一声："大胆小个子，你敢欺骗老爷！"

"老爷饶命！小民哪敢欺骗老爷，小民句句是实，老爷可查可访，小民确实冤枉！"小个子连忙喊冤。

县太爷将惊堂木又往桌案上一拍，对着大个子喝道："大个子你好大胆！敢欺骗老爷！待我查个水落石出，让你难逃法网！"

"老爷明察秋毫！小民愿听老爷发落！"大个子磕着头，心里暗暗庆幸。昨天因媳妇生病，他将家里唯一的老母鸡宰了熬汤，给她补养身体。今早接到衙门的传唤，他早已与媳妇商量好了口径，少了的母鸡恰好为今天的案子提供了托词。

县太爷带着办案人马，先到小个子拾得小鸟的地方查访，周围百姓都说不知，并没见过有什么小鸟落地被人拾得。

县太爷又来到大个子的家里，大个子生病的媳妇禀告道："昨日郎君卖了母鸡，换得一锭银子，准备为我问医买药，此是实情，不敢有半句虚假！"县太爷又查访邻里，左邻右舍俱言大个子家里确曾有母鸡一只，昨天果然不见，一定是因他老婆生病，他卖鸡买药。

县太爷问师爷如何判决，师爷说："此案一清二楚，人证物证俱全，大个子应是受诬告！"

回到衙门，县太爷在大堂上庄严宣判："本县查明，小个子诬告大个子，证据确凿。据律明断，小个子犯有诬告罪，判罚母鸡一只，作为对大个子的经济赔偿，并罚扫街一月，胸挂耻辱牌，上书'小个子诬告大个子'，作为对大个子的精神赔偿。大个子，小个子，你们还有什么不服吗？"

大个子磕头谢恩。小个子立而不跪，高喊冤枉："小民确有天赐小鸟！乞求老爷明察！"县太爷猛击惊堂木，大喝一声："大胆刁民！"下令将小个子赶出衙门。

小个子一瘸一拐地走在路上，他低头饮泣："老天为什么这样不公啊？老天爷，你不长眼啊！"突然晴空霹雳，滂沱大雨从天而降，将小个子瞬间淋成落汤鸡。

白果老人

传说在东南大地的边远山坳，有位樵夫守护着 28 株银杏古树，因银杏果俗名白果，人们称他为白果老人。这些古树为盛唐时所种，如今高大无比，拔地通天，其中最粗的一株，有 9 个大汉合抱之巨，号称树王。

这一天，白果老人巡察树林后，背靠树王，席地而坐，闭目休息。忽觉飘飘然到了一个地方，这里只有一望无际的沙漠，没有人烟，没有树木花草，没有飞禽走兽，没有水的踪迹。远处沙丘起伏，形成一个包围圈，他所在的洼地则似一个盆底，蓝天在上，太阳如火。

"呀！这是什么地方？俺为什么到这里来了？"

老人正在不知所措时，忽然在东方出现了一粒熠熠生辉的彩色光点，向他飘来。

"咦！那是什么？"老人惊异不已。迅速向他飘来的原来是一个庞大的鸟群。鸟群正中是一只彩凤，好似众星捧月。鸟群瞬间就到了他的头顶，顿时百鸟齐鸣。他抬头观望，只见漫天光彩，他不禁呼喊道："凤凰！凤凰！"

百鸟忽然散去，站在他面前的竟是他的熟人。

他惊讶地欢呼："哎呀！凤凰仙子！好久不见，今天见到你真身，太神奇了！"

原来，凤凰仙子为白果老人护林的事迹所感动，曾托梦表彰他的福德，今天二人相见也格外高兴。仙子说，几天前她从东海经过，那里有一株千年梧桐，拔地通天，她顿觉心灵震撼，顷刻恢复本相，飞落古木之上，一声长鸣引得百鸟来朝。今天巡游至此，幸得遇见故人。

白果老人问："此地这般荒凉，这是什么地方？"

仙子说："这是有名的万年泊！从前这里是一片汪洋！"

白果老人又问："怎么滴水不见，人迹绝灭？"

仙子说："天灾人祸，有水皆枯！不仅此地，普天之下莫不遭此劫难！今天到此，遇见故人，也是有缘，正好布云施雨，共同造福人间。"

"俺凡夫一个，能有何用？"白果老人疑惑不解。

只听仙子说道："仙凡无二，你自有神通！有我无你，孤掌难鸣！你跟我来！"说着，她便拉起老人的手，恢复成美丽的彩凤，携他飞到了天空。

白果老人忽然感觉肢体全无，成了一团乌云。彩凤一声长鸣，群鸟皆至，直冲蓝天，化成漫天乌云。白果老人虽然失去肉体，却感到心在跳动，并不害怕，眼睛却更加明亮。只见彩凤化成巨大无比的云团，闪闪发光。老人看到彩凤的光照亮自己，心有所感，忽然化成电闪雷鸣。云团中大小鸟儿个个都在闪烁，化成无数闪电、铺天盖地的雨点，哗哗洒向人间。白果老人想放声呼喊："哦！好雨！太好了！"他又想问："请仙子指点，凡夫不知其中奥妙！"可是此刻，他没有声音，只听见四面八方风啸雨吼，足有两个时辰。他问仙子该何时结束，仙子并未答话，只是复现彩凤冲天长鸣的景象。顷刻乌云散尽，仙子携群鸟隐去。

此时天边的彩虹无比绚丽，地上的沙漠皆成绿洲，百花齐放，万紫千红。白果老人满心欢喜，手舞足蹈，忽见远处隐约有银杏古树，山坳里成群的亲友向他跑来，一齐呼喊："白果老人，回来！回来！"他遥望蓝天，向凤凰仙子以大礼参拜，然后朝着银杏古树的方向奔去，心里念叨着"那是俺的家乡"。

乌鸦与孔雀

一只乌鸦来见一只孔雀，对她说："尊贵的孔雀小姐，能见到你真是我的荣幸，你是善良、智慧、美丽的化身，我远道而来只为一睹你的芳容，同时请求你的帮助，这不会令你为难吧？"

孔雀笑答："尊敬的乌鸦小姐，你太客气了，你以勤劳、勇敢、坚强著称，你来敝处我很欢迎，能为你做点什么是我的荣幸！"

乌鸦端详孔雀，内心生出无限羡慕：孔雀小姐果然名不虚传！她的眼睛多么明亮而善良，她的声音多么清脆而亲切。她的羽毛像蓝色宝石般绚丽和金子般辉煌，如彩虹，如晚霞，如朝阳！对啊，我应当有她这样一套服装！

在乌鸦这样想着的时候，孔雀忙进忙出，给乌鸦送上热带特有的波罗蜜、红毛丹、火龙果，并对她说："尊敬的客人，我这里只有这些土特产，希望你喜欢。"一听这些水果的名字，乌鸦就皱起了眉头，她正想着遥远北方老家的垃圾堆呢！不过她还是很有礼貌地回答："谢谢你，我今天胃口不好，我喝点水吧，你这里水很好！"

孔雀依然忙着，乌鸦见她这么好客，原有的几分顾虑已被打消，便直率地说："孔雀小姐，你别忙了，我是来求你办件事的。"孔雀便坐下并回答："只要我能办到，我会帮忙的，你请说。"

"是这样的，孔雀小姐！你大概已经知道，现在鸟界正在选美，我认为我的条件不错，别的不缺，只缺一套中意的服饰。你是设计大师，如果你能为我设计一套时尚的服饰，我就不愁不能一举夺冠了！你能帮忙吗？"

"哦，乌鸦小姐！你敢于挑战自我、挑战鸟界追求时尚的极限，你的精神令我感动！现在正是春光明媚、万紫千红，为你设计一套服饰并不困难，我这就为你采集百花，保准制作出一套令你满意的新潮服饰！"

说到做到，孔雀立即展翅升空采集百花去了，半晌工夫她携来百花，开始精心设计、编排、制作。乌鸦在一旁观赏，有百灵鸟唱歌、啄木鸟伴奏、燕子飞舞，一时间林间生机勃勃。孔雀毕竟心灵嘴巧，当黄昏降临、晚霞夕照时，一件流光溢彩的时尚服饰大功告成，她又请灵巧的云雀衔来几朵彩云镶嵌在上面，更显得光彩夺目。她高兴地说："乌鸦小姐，请你试穿，参赛必定夺冠！"

乌鸦穿着新衣，对着水面左瞧右看，再比较孔雀便不言语。孔雀却说："如有觉得不甚称心之处，但说无妨，我可以修改！"

乌鸦还带几分客气："这些花花草草却也好看，不过不如你那服饰的富丽堂皇。如果能用你项上的几片羽毛装饰一下，那便是真好了！"

"好，我这就给你几片颈羽！"

乌鸦看了看新嵌的孔雀颈羽，果然亮丽，便想到如能再增添一些孔雀羽毛，该会更美！想着想着，她便脱口而出："要是上半身用孔雀羽毛，下半身用百花，定是锦上添花！"

孔雀犹豫片刻后答道："也罢，成人之美！我再舍弃几片短羽，虽然会寒冷一些，却还能正常飞行！"

乌鸦看了新服饰上的羽毛，眼睛突然一亮，心想：如果下半身也用孔雀羽毛，岂不完美无缺？哎呀，走三家不如坐一家，既然到了这位好心的孔雀家里，索性我就开口吧！乌鸦于是又说道："尊贵的孔雀小姐，你的作品我觉得的确不错，不过有些美中不足，你瞧，凡有你羽毛的地方都灿烂光辉，但下半身衣服则显得更加灰暗！请你善心大发，再舍弃你几片尾羽。"

孔雀脸色有点阴沉，陪伴的小鸟们实在看不下去，先后都飞走了，乌鸦则满眼期待。沉寂片刻后，孔雀心想：整头猪都奉送了，还吝惜再割几斤肉吗？她便开口回答："好吧，为了成全你的美梦，我再舍弃几片尾羽吧！"

乌鸦欣喜地看着孔雀心疼地拔下尾羽，细心地编织镶嵌，顿时光彩四射的一件天衣就披到了乌鸦身上。乌鸦兴高采烈，腾空而起，顺手摘下孔雀头顶的花冠戴在自己头上，说了声："谢谢了，孔雀小姐！"

百鸟望天长叹："唉！唉！"

忽然雷电齐鸣，风雨交加，天空中似乎有一只癞蛤蟆坠落，掉入泥沼……

海　燕

　　海燕妈妈用了一个夏季的时间，尽心尽力调教两个宝宝。这天，她带他们来到海边的悬崖峭壁上，她说："孩子们！今天是你们展翅高飞的日子，你们要勇敢面对大海，从此你们属于自己，你们要永远做大海的主人！起飞吧！"

　　海燕妈妈问："你们谁先飞？"海燕哥哥不语。

　　海燕弟弟阔步向前，展开矫健的翅膀飞向大海，冲向蓝天！他在高空高叫："妈妈再见！感谢妈妈给了我生命和勇气！"海燕妈妈高兴地看到他消失在蓝天碧海间。

　　海燕哥哥裹足不前，在海燕妈妈的再三鼓励下，他展开了本已训练有素的翅膀，却因畏惧而坠落大海。他大声呼叫妈妈，却为时已晚，等在水下的是饥饿的海豹！

　　渔夫在一旁叹息道："同样的妈妈，一样的本领，两样的结果，只是少了一点儿勇气啊！"

186 **众生的渴望**

（童话短剧）

（报幕）

时尚舞台隆重推出，狼、狐领衔主演，观众自由参与，海陆空三界动物大亮相！

（启幕）

狼：听说你最近又偷吃了人家一只鸡？

狐：它走路不小心摔死了，我在路边捡到的，这不叫偷！

鸡观众：（齐声大喊）是偷吃！

狼：（冷笑）你瞧，露馅儿了吧。

狐：我检讨！比起问题的严重性，你不是偷吃了人家一只羊！

狼：那是从前的事，如今我吃斋。

狐：鬼才信！

狼：不信？你看！

狼用脚指了指台下的羊观众。

羊观众：对，狼吃斋！

狐：（冷笑）我敢断定他们是你安排的托儿！

狼：（尴尬）这点儿小计谋还是瞒不过您。

羊观众：是狼安排的！

狼：（对羊）别叫了！我今天找狐先生要谈点正经事。

狐：我今天有点儿空，平常会议多。什么事？

狼：我请教你一个问题，我们吃羊，你们吃鸡，那人类吃什么？

狐：什么都吃。

全体观众：不对！人不吃人！专吃我们！

狐：（厉声）要是把我们都吃光了呢？

全体观众：吃不光！

狼：（对狐耳语）他们还嫌人家吃得不够！

狐：（厉声）不仅吃，还有杀！

老虎：说得对！吃不可怕，杀可怕！小狐狸，人类为什么杀我们老虎？

狼：（对狐耳语）大王犯迷糊，竟说出"吃不可怕"的话来！

狐：（对虎）吃您的肉，剥您的皮，拿您的骨头泡酒喝！

老虎：（哆嗦）那我们该怎么办？我们已经所剩无几了！

狐：（对狼耳语）大王真够可怜的！想当年何等威风，我们也沾光，狐假虎威。

狼：（动脑筋）大王不如插上一双翅膀逃走吧！不是说如虎添翼吗？

鸟类：不行，我们已被人类杀得七零八落，插翅难逃！

狼：（犹豫）恐怕只好下海了！据说人类就有下海这一说法。

海鸥：鲸鱼大哥托我捎口信给大家，海洋最不安全，他们被杀得九死一生！

海鸟、海兽：千万别下海！

狼：（兴奋）办法有了！移民！大王您就搬家吧！非洲天地广阔，

大有作为！

　　大象：此议不妥！非洲动物兄弟们生活在水深火热之中，度日如年！

　　非洲动物：（齐呼）非洲去不得！我们打算移民到澳洲！

　　澳洲动物：（惊叫）澳洲形势险恶！万万不可！

　　狼：（苦思后高兴）对了！大王您就去拉丁美洲！那儿风光不错，还可以顺道旅游一趟。

　　美洲诸兽：去不得！拉美杀机四伏，当地居民朝不保夕。非法移民必死无疑！

　　老虎：（落泪）看来走投无路了！

　　狐：（安慰老虎）大王休得过虑，天无绝兽之路！待我们从长计议。台上台下一片寂静。

　　蚂蚁：（小声）请问狐教授，我们小得可怜，人类为什么还吃我们？

　　狼：这类问题还问教授！你们蚂蚁多，吃点儿算什么！

　　蚂蚁：（愤怒）我们抗议！

　　小型动物：（齐呼）我们声援蚂蚁！

　　昆虫：虫界天天被人屠戮，死伤无数！谁也不关心我们！

　　狼：那你们找人类讲理去！

　　蚂蚁：我们和人类语言不通。

　　狐：关于语言问题，要开专门会议研究，今天暂不讨论。

　　狼：对，今天狐先生只同我们讨论重大问题。

　　老牛：狐兄弟，牛以草为天，如今我们没草吃，你看这问题大还是小？

　　狐：大，这与草原被破坏有关。

食草动物：（齐呼）我们没草吃，饥寒交迫，这个问题最大！

鸟类：（一齐叫唤）鸟以林为居，如今我们家破人亡！狐教授，这个问题大不大？

狐：大，这与森林被破坏有关。

水族类：（大声呼救）狐教授，快快救救我们！水的问题最大！

狐：大，十河九干，十水九污。

狮子：小狐，依我看，我们缺肉吃问题最大！

狐：大，这与生物链被破坏有关。

狼：好，就把解决吃肉问题摆在首位，以肉为纲！

食肉动物：（齐呼）对！完全正确！

食草动物：（齐呼）裁判不公！我们反对！应当以草为纲！

鸟类：（齐呼）我们反对！应当以林为纲！

水族类：（齐呼）我们反对！应当以水为纲！

狼：（对狐耳语）形势不妙，大伙要闹事了，你赶快秉公执法吧！

狐：各位不必争论，以什么为纲是个技术问题，改天专门召开技术会议研究。

狼：对，今天狐教授着重同我们讨论重大理论问题。

河马：老狐，现在天气怎么这么热？连在水里都待不下去！理论上怎么说？

全体观众：（大喊）天气太热了，我们受不了！

狐：这与大气的温室效应有关。

观众：听不懂！

狐：简单来说，就是在我们头上盖了一个大锅盖，不透气，当然就热。

全体观众：（齐问）那怎么办？

狼：买空调呗！人类都在安装空调！

全体观众：（齐喊）我们没有钱！

狼：没钱找银行！

全体观众：（齐喊）我们不知道怎么贷款！

狐：关于金融问题以后专门研究，今天暂不讨论。

狼：对，不纠缠细枝末节。

猴子：有消息说，人类把天上捅了一个大洞，是否涉及理论问题？

狼：果然还是猴儿精，考虑大事。

狐：这与臭氧层被破坏有关。

全体观众：听不懂！

狼：（对狐耳语）都是文盲，你就简单点儿说吧！

狐：天空有一个气体层保护地球万物，由于人类破坏，现在出现了一个大洞。

全体观众：（惊呼）这还了得！

狼：有办法修补吗？

猩猩：赶快去请女娲，她是补天的行家！

狼：只怕女娲早已离休，不管事了！

全体观众：（兴奋）请求她老人家重新出山，发挥点儿余热！

狐：现如今的天比从前的天修补的技术难度要高，需要另请高明。

全体观众：（疑惑）不对！谁还能比女娲更高明？

狐：你们没听人类说，解铃还须系铃人。

全体观众：（齐问）什么意思？

狼：听话听音，这不就是指的人类自己吗！

全体观众：（惊奇）靠人类补天？！

狐：是呀，人类有所醒悟。

狼：怎么说？

狐：他们把天下万物搞得面目全非。

全体观众：（齐声呐喊）我们都是受害者！

狐：结果弄得人类自己的生存受到了威胁。

狼：是不是他们说的"搬起石头砸自己的脚"？

狐：就是。

全体观众：（齐呼）砸得好！

狐：坏事变好事。

狼：什么意思？

狐：人类要做好事了。

全体观众：（惊异）人类还能干什么好事？

狐：对人类要一分为二地看待，七分成绩，三分错误。

全体观众：（齐声高喊）不同意！应当全盘否定！

狐：你们没听说，人类提出了环境保护。

全体观众：（齐问）保护什么？

狐：保护大自然，包括所有劳苦动物大众！

狼：难怪最近我们的环境好多了。

狐：要不，我们还有闲工夫说相声。

全体观众：对，我们从来就没有听过相声！

狐：这不就是人类的变化，有错误改了就好。

全体观众：（齐声高呼）我们对人类不放心！我们担心。

狼：为什么？

狐：最近有一本书称，人类是自然界的毒瘤，毁灭自然也在自我毁灭。

狼：认识深刻！

狐：认识深刻就是觉悟，觉悟会产生内在的力量。

狼：明白了，人类必须自救！

狐：人类救自己，我们也能得救。

狼：人类要补天了？

狐：早已开始了。

狼：（兴奋）大伙儿还不赶快帮忙搬石头去！

全体观众：（一哄而散，齐声欢呼）搬石头去啊，帮人类补天去！

狐：（大呼）回来！如今补天不需要石头！

……

（落幕）

虫界大会

晴朗的天空，小溪旁、树荫下，全球虫界大会开幕。本界虫王蛐蛐儿在会场中心就座，各虫族代表齐聚一堂，摇旗呐喊，开始角逐下届虫王。

本届虫王有两位大臣：左丞红蜻蜓，眼睛大，善督察舞弊；右相蝉老黑，声音粗，善鼓舞士气。

右相大呼一声："吾王万岁！"于是群虫齐呼："万岁！万岁！"

左丞瞪眼喊道："注意了！东北方向的旯旮里有虫儿睡觉！"于是虫界代表个个睁大眼睛。

虫王在众目睽睽下，伸个懒腰，开金口吐玉言："蛐蛐，蛐蛐！"

"蛐蛐"一词翻译成人类语言就是"和和气气"。

于是群虫齐鸣："蛐蛐，蛐蛐！"大会上一团和气。

虫王宣布："虫民们，竞选很好玩儿！胜者为王！你们尽兴玩儿吧！"他打了个哈欠，合眼睡觉。

"第一轮演讲赛开始！"右相向天呼喊。

"我族应当为王！"马上有虫应声而起，左丞瞪眼一瞧，乃是蚊子小飞第一个跳到台前，细声细气地尖叫："我族个个心毒嘴狠，锋芒毕露，袭击虫界死敌——人类，功劳第一，谁个敢比？"

"我反对！"大伙一瞧，乃是苍蝇老绿，绿蝇瓮声瓮气地说道："论功劳第一，轮不上你蚊族！虫王非我族莫属！"

"我反对！我反对！我反对！"虫声四起，打断了绿蝇的演说。蟑螂、臭虫、跳蚤、虱子等各族互不服气，连邀请与会的鼠族、螺族、菌族等各路外界嘉宾也都议论纷纷。

"反对有效！"左丞宣布，"开始第二轮！"

"我有话说！"一个娇声娇气的飞虫跳到台前。她是有名的美虫花大姐，她抖了抖美丽的翅膀说："我族个个俊秀可人，谁见谁爱，全球选美，屡屡夺冠。如果大伙儿选我，我为女王，一定为虫界增光添彩！谢了！"她温柔地向台下鞠躬，台下嘻嘻哈哈笑成一片。

"我反对！"飞到台前的是选美领域的佼佼者彩凤蝶，她直奔花大姐，提高嗓门说："选美夺冠，轮得上你吗？你说说上次给评委们什么好处？"

"我反对！""我反对！""我反对！"蝴蝶、瓢虫、豆娘、飞蛾各美丽族群喊声此起彼伏，连臭大姐也加入了反对者的行列。

"我撤回竞选宣言！"花大姐满眼泪水，退出讲台，台下响起了一阵笑声。

"现在进入第三轮！"右相宣布。

"也该轮到我族了！"金龟子一跃到了台前，他昂首挺胸说道，"我族男士个个披金挂银，女士个个珠光宝气，我金族是虫界的骄傲！我族称王，必定称霸，富甲天下！"台下一片寂静。

过了好一会儿，从边远的角落传来一个声音："我反对！"左丞放眼远眺，应战者原来是灰头土脸的屎壳郎。虫儿们为他让出一条道，他缓缓走到台前，闷声闷气地问道："金族为王，我们还有活路吗？"他推开金龟子，面向虫众呼喊："金族一向欺负我们，我们能赞成吗？"他的话音刚落，台下呼啦一阵骚乱："我反对！我反对！我反对！"

"反对有效！"左丞右相同时宣布，"进入第四轮！"

台下一片寂静，再也没有虫儿出声。

比赛的时间快到了，左丞右相叫醒虫王问："大王，有功的、有脸的、有钱的，纷纷败下阵来，现在该怎么办？"

"怎么办？改革！"虫王睁开一只眼睛，说完又合上了。

"哦，我明白了！"左丞沉默片刻后说。

"明白什么啦？"右相还在犯嘀咕。

"随我来！"左丞飞到高处大声呼喊，"下面，改行推举制！"

右相也飞到高处大叫一声："请大家举荐！"

话音刚落，一只猥琐的蝼蛄钻出地面，哆哆嗦嗦地说道："我族蝼蛄出身低下，无一虫正眼相看，唯独叩头虫哥儿们见面鞠躬行礼，我等被感动得大哭，我族推举叩头这等高虫称，称，称……"

"……称王！"快言快语的花大姐擦干眼泪，抢着发言："刚才我竞选败落，大伙儿取笑起哄，小女子痛不欲生，唯有叩头大哥频频向我点头鼓励。我族赞成叩头为王！谢谢！"

"我也赞成！"发言的乃是蚊子小飞："我族只知叮人，不识礼貌。叩头为王，可使我虫界成为礼仪之邦！"

"好，好，好！我也赞成！"跳到台前的是金龟子："有钱不如有礼！叩头为王，我族赞成！大典费用全包在我金族身上！"

"哈哈！"台下一片笑声。

"赞成！"台下一片欢呼。

左丞右相叫醒蛐蛐："请大王裁定！"

"裁定什么？"蛐蛐揉着睡眼。

"大伙儿推举叩头为新王！"

"叩头在哪儿？"

这时大眼红蜻蜓飞到高处一瞧，嚯！叩头正在树下打盹。知了老黑大呼一声："恭请叩头老爷上前！"

大小虫族让出一条通道，叩头虫迷迷瞪瞪，一路叩头，到了蛐蛐虫王面前，还在叩头。虫王睁开双眼，伸个懒腰，让出座位，说声："我下台，你上台！恭喜，恭喜！"说完哼着"蛐蛐儿"小调，游玩去了。

左丞飞高一呼："新王万岁！"

右相飞高一呼："万岁！万岁！"

"万岁！万岁！"

欢呼声响遍整个虫界。

犬兄犬妹

（童话短剧）

一只城里犬回老家探望乡下犬，犬兄犬妹阔别已久，相见自然话多。

兄：听说你搬进了高楼大厦，一步登天！

妹：别提了，快吓死我了！

兄：楼里有老虎？

妹：老虎倒没有，有阳台！

兄：阳台有什么可怕的？

妹：30 层高楼，飘窗式的！

兄：现代化！

妹：搬家那天，我爬到窗沿，伸头往外一瞧……

兄：一定很风光！

妹：马上晕过去了！

兄：怎么啦？

妹：原来我悬在半天空，云彩就在脚下飘！

兄：你从小就有恐高症，赶快换地方。

妹：主人非要我住阳台，说阳台空气最好！

兄：这是对你的一片爱心。

妹：一天到晚，下面的汽车如流水，我觉得每辆车都在撞我的阳台!

兄：那是心理作用。

妹：晚上灯火通明，五光十色，歌舞喧天……

兄：太精彩了！

妹：吵得我睡不安稳，整夜失眠！

兄：应当换个环境安稳几天。

妹：主人也是这么想的，上半年买了一辆新车。

兄：应当出去好好兜兜风！

妹：主人带我到海边休息了几天。

兄：那才痛快！

妹：活受罪！一上车我就头晕。

兄：怕是晕车。

妹：主人给我吃晕车药。

兄：一吃就不晕了。

妹：不一会儿，我四肢无力，头昏眼花，从此卧床不起。

兄：赶快上医院！

妹：主人送我到云天医院。

兄：那是一流医院。

妹：不去不知道，一去吓一跳！

兄：怎么啦？

妹：原来我病得不轻！

兄：你一向身体很健康啊！

妹：病多了！血压高、血脂高、血糖高，还有肥胖综合征……

兄：你要减肥。

妹：主人说，人以瘦为美，狗以胖为美。她吃野菜，我吃肉，规定不改。

兄：你就饿几顿吧！

妹：主人见我不吃东西，送我到医院打营养针，一打就是几小时！

兄：那要多大耐心！

妹：受不了，只好继续吃肉，上乘的肉啊！

兄：主人真把你宠坏了！

妹：我吵着要回老家看看。

兄："月是故乡明"，这次回家多休息几天。

妹：主人叫我顺便看看乡下有没有合适的别墅，她想买一栋常到乡下住。

兄：我们这里到处是别墅。

妹：那太好了！我可以回来住！

兄：别墅是什么？是人享福，狗受苦。

妹：怎么回事？

兄：如今乡下狗的日子很难过！

妹：怎么说？

兄：你看咱们村是不是家家都是别墅？

妹：真漂亮！

兄：村里有规定：各家圈好狗，不准乱串门！

妹：怎么说？

兄：我们一天到晚过着囚犯的生活！

妹：只有守夜才能得点儿快乐？

兄：守什么夜？"犬守夜，鸡司晨"的时代已成美好的回忆。

妹：难道夜晚也不放放风？

兄：全村统一管理，狗集体失业！

妹：家乡毕竟山清水秀，地方大，老东家还能不带你到处散散心？

兄：如今山更清，水更秀，成了旅游区，只是与狗无缘！

妹：怎么讲？

兄：前次老东家带我去旅游，我被拒之门外。

妹：为什么？

兄：旅游胜地，狗莫入内！

妹：不好了！只怕人畜不共戴天了！

兄：妹也不必太悲观，我看猫就过得不错。

妹：哪只猫？

兄：就是老邻家那只小猫，如今长得可标致了。

妹：她做什么工作？

兄：每天走猫步，做时装模特。

妹：很摩登的职业。

兄：还会霹雳、摇摆，身段优美，跳起舞来真动人。

妹：她小时就聪明。

兄：还会探戈、恰恰，真有意思！

妹：她发迹了，如今同咱家还有往来吗？

兄：前不久还来过咱家。

妹：说了什么？

兄：批评我怀念旧时代，跟不上新潮流。

妹：她说的有道理呀！

兄：历来狗优于猫，我在思考如何创造新优势，跟上新潮流。

妹：我该走了！

兄：急什么？

妹：明天我要参加职业培训班，学习走猫步，准备迎接新挑战。

夜幕下

（童话短剧）

入夜了，狼和狈还在森林中散步，研究老虎大王当天的讲话。

狼：大王当众批评狼狈为奸，真令你我难堪！

狈：要是口头说说倒也就罢了。

狼：还会做别的什么文章吗？

狈：风是雨的头，怕是要出事。

狼：怎见得？

狈：你没见狐狸小姐在那里交头接耳。

狼：一只小狐狸算什么！

狈：不可小看，她先父就以狐假虎威的伟业留名青史。

狼：她年方二八，不过以色媚王而已。

狈：她是个难得的人才。

狼：她懂什么？！

狈：她擅长公关，已被大王委以重任。现已内定为大王的一级咨询。

狼：这算什么官？

狈：别问什么官，反正大王听她的。

狼：那又怎么样？

狈：你我的荣辱在她一句话。

狼：那该怎么办？

狈：收买过来，为你我所用。

狼：我明天就给她送鸡去。

狈：我已查明，她崇尚时髦，如今只吃进口鸡。

狼：进口鸡不好找。

狈：叫黄鼠狼到外资餐厅偷 100 只。

狼：小黄最近几档子事办得很利索。

狈：可以提小黄当助理，专职负责笼络狐狸。

狼：好！这样我们就可高枕无忧了。

狈：不！关键还在虎大王。

狼：他高高在上够不着。

狈：先收买他的儿子，就是那个傻太子。

狼：我明天给他送 10 只羊去。

狈：10 只不够，要送 100 只。

狼：心疼哪！我的存羊也不过千来只！

狈：你没听过"舍不得孩子套不着狼"吗？

狼：我不喜欢听这个成语。

狈：还要通过猫头鹰给那个傻太子传话，下个月再送 100 只羊。

狼：我哪来那么多羊！

狈：叫牧羊犬下月初如数将羊送到虎穴。

狼：他最近有点不大听使唤。

狈：再多给他几根骨头。

狼：他在下面发牢骚，说是贡献大，回报少。

狈：那好，叫大象抽他 100 鞭子。

狼：别把他逼急了！

狈：他敢！我叫豺宰了他！

狼：（哈哈大笑）怪不得大王说你我狼狈为奸！

狈：（哈哈大笑）大王不懂，这叫优势互补、黄金搭档。

…………

这时忽然过来一只白虎，狼大吃一惊，不知所措。

狈：（定神一看，向前行礼）给二千岁迎驾请安！

虎：都什么时候了，你俩还在外面溜达？

狈：这么晚了，二千岁怎么还驾临敝庄？

虎：也没什么大事，大王临时召见，顺道路过。

狈：敢请二千岁开恩指点微臣！

虎：大王今夜要钦定狼狈为奸的大案，你们需要留神！

狼：（惧怕）请二千岁替我们做主！

狈：（献媚）明天一早微臣亲登王府叩谢。

虎：你们休息吧。

…………

狼、狈拜送二千岁后，连夜忙着去给二千岁准备100头牛。

雏燕学飞

　　夏日的早晨，太阳出海，朝霞满天，燕子爸爸带领雏燕学飞，他在前面喃喃啼叫，忽高忽低，忽左忽右，忽而凌空捕食，忽而点水湖面。燕子妈妈在一旁观察，见孩子们个个乖巧伶俐，心里无尽欢喜，经过这一春一夏的哺养，终于苦尽甘来。

　　功课毕，燕爸爸继续觅食去了，雏燕叽叽喳喳扑向妈妈，兴奋地告诉妈妈："原来学飞这么容易！"妈妈说："孩子们，你们都很聪明，学飞的确不难，不过空中变化无常，处处埋伏着危险，有风暴雷电，有百鸟争斗，还有最厉害的人类，你们要学的功课还多着呢！"

　　雏燕们拉扯着妈妈叫着喊着："快给我们讲讲吧！我们最爱跟妈妈学功课！"妈妈说："好，今天我先考考你们，你们知道燕子是什么吗？"

　　妈妈这一问，孩子们都静了下来，你看我，我看你，竟没有一个回答。于是妈妈点名老大："春儿，你先说，说错了不要紧！"

　　春儿忸怩地说："妈妈提的问题也太简单了！燕子是什么？这还用问吗？燕子不就是我们吗？我就是燕子，您也是燕子，我们不都是燕子吗？"

　　春儿话音刚落，兄弟姐妹们都叽叽喳喳笑开了："我就是燕子！我也是燕子！"

妈妈也笑了："好，你们都是燕子，妈妈也是燕子，但是你们知道燕子是什么吗？"

春儿哈哈笑道："妈妈的问题也太幼稚了！燕子属于鸟类，不就是一种鸟吗？而且是最不起眼的小鸟！"雏燕们都附和："是小鸟，是小鸟，是不起眼的小鸟！"

妈妈笑着问："不起眼的小燕子们，你们都喜欢做燕子吗？"

春儿说："不喜欢又怎么样？我喜欢做公鸡，大红鸡冠，花花羽毛，多神气！喔喔一声叫，太阳公公就从地下爬上来，对他微微笑，多美呀！"

花儿说："做母鸡也不错！咯咯一叫就下一个蛋，咱住的那家的老奶奶就给母鸡一把米吃，多舒服啊！不像爸爸妈妈你们整天忙来忙去找吃找喝多累呀！"

秋儿说："我才不愿做母鸡呢！身体那么肥胖，真难看！还有声音也不好听，唱起歌来很不专业！我喜欢做只画眉或百灵，黄鹂也不错，你看咱住的那家的百灵多灵巧，一天到晚唱歌，唱得主人不断给她喂吃喂喝，还带她出去逛公园、溜马路，多么逍遥得意！"

这时天空有一群大雁飞过，不远处还有一群天鹅鸣叫着穿过蓝天白云，雏燕们抬头观望，都流露出羡慕的神色，最小的妹妹叶儿赞叹地说："我要是一只天鹅或一只大雁那该有多好啊！我可以和他们一起穿云破雾，远走高飞，一直飞呀飞呀……"说着说着她有点咽呜："唉，可是我只是一只小燕子，我想这些又有什么用呢？"

雏燕们都有点伤感，有的还滴下了眼泪。燕妈妈却笑着抚摸他们每一个，深情地说："孩子们，你们说的、想的，妈妈都理解，可是你们实在不懂什么是燕子！你们知道吗？自古至今唯独燕子能同人类共居一室，这是为什么？"

孩子们睁大眼睛问："这是为什么？"

燕妈妈略带几分忧伤地说："孩子们，你们知道吗？人类豢养肉禽为的是食其肉蛋，鸡鸭鹅任他们宰杀！人类豢养鸣禽为的是自己享乐，百灵画眉终生失去自由！人类扑杀飞禽，令天鹅大雁远远逃遁！"

雏燕们以惊恐的眼神看着妈妈，燕妈妈深深吸口气，继续说道："孩子们，你们应当知道，你们首先必须懂得燕子是什么。燕子是大智大慧之鸟，是上天的使者，给这个世界带来春的消息，让这个世界百花齐放、万紫千红！我们到达哪里，哪里就有春天！我们是鸟类的荣光，受到众生的爱戴，受到人类的尊敬！"

众雏燕寂静无声，心中生出对燕子新的感受，燕妈妈接着说："孩子们，你们记住！和人类共生存可不简单！我们切不可有人类之所好，也切不可有人类之所恶！"

"妈妈，什么叫人类之所好？"叶儿虽小，也在动脑筋想问题。

"好就是喜好，喜欢的东西。我告诉你们，人类之所好第一是贪吃，好吃肥肉鲜蛋，我们因为肉少蛋微，才逃脱厄运！鸡鸭因肉肥蛋鲜，世代惨遭不幸！大雁天鹅也因此惨遭人类扑杀，永无安身之所！人类之所好第二是贪色，我们因声音纯净而羽毛暗淡，才不致遭人类蹂躏！百灵画眉因歌声娇柔，被人类囚禁终生！孔雀锦鸡因羽毛华丽，被人类任意娱乐！人类之所好第三是占有，我们因无能无力，而能世代善始善终！鹰隼鸬鹚因锐目利爪，而沦为人类的终生奴隶！"

"妈妈，什么叫人类之所恶？"在燕妈妈停顿的片刻，春儿便急着问道。

"恶就是厌恶，不喜欢的东西。人类最恶是死亡，乌鸦被定性为死亡之鸟，飞到哪里，都遭人咒骂！人类之所恶还有灾祸，枭鸟的叫声如哭，因此被认定为不祥之兆，被人类驱赶到无处藏身！"

"好可怕啊！人类喜欢的和不喜欢的都遭殃，那该怎么办呀？"

"孩子们，你们不必担心，我们燕子是上天的骄子，人类之所好我们燕子全无，人类之所恶我们燕子也全无。我们以天道为道，以无为为大道，我们与人类同居一室，驱人类之利，避人类之害，我们是万物之灵，胜于人类。我们燕子能与人类同居一室，而人与人常常不共戴天。"

"妈妈万岁！燕子万岁！"雏燕们越听越兴奋，纷纷欢喜雀跃起来。

"燕子万岁！"妈妈也一起欢呼，还兴奋地把最小的叶儿举起来高呼，"我的孩子们万岁！孩子们，你们还梦想成为鸡、鸭、百灵、黄鹂、大雁、天鹅吗？"

"我们不愿做任何别的鸟！我们愿意做燕子！永远的燕子！"

"孩子们！天下百鸟都应当羡慕燕子！"

晚霞光彩照天地，已是人归家、鸟还巢的时刻。燕爸爸带回晚餐，燕子全家飞回，与归来的房主全家，各吃各的饭，各睡各的觉，又是一个人鸟和谐之夜……

羚与豹

茫茫草原，

一只猎豹追逐一只羚羊。

羚四蹄如飞，

坚定信念：慢一步就会失去生命！

豹似离弦之箭，

下定决心：快一秒就能得到食物！

羚想：绝对不能让它赶上！

豹想：一定要追上目标！

两条移动的优美流线体，

似流星，

似闪电，

追逐时间，

争夺空间。

在临界零距离的最后关头，

羚一个急转弯，

豹冲到了前头。

扑了空，

惊回首，

背道而驰的羚羊，

已奔向太阳升起的地方，

拥抱朝霞的灿烂辉煌。

耗子的后悔

一只老猫逮住一只耗子，打算演一场古老的游戏。

猫松开双爪，微微一笑："小子，你逃命吧！"

耗子厉声回答："士可杀不可辱！休想故伎重演！"

猫后退一步："现代猫不伤害耗子的。"

耗子不动声色："我不信！"

猫又后退一步："你没见过迪士尼的猫专陪耗子玩儿？"

耗子依然不动："我不信！"

猫再退一步："不信？我已收起了双爪。"

耗子眼看猫连退三步，猛地抱头鼠窜，闪电般地钻进了洞里。

猫在原地哈哈大笑："让我们来共同庆祝这个难忘的时刻吧！猫和耗子成了亲密的朋友！"

耗子喘息未定，不敢出动。

猫连笑三声，响亮且真诚。

被猫的爽朗笑声所感动，耗子终于重新走出了洞门，正准备鞠躬道谢，被猫一个箭步再次逮住。

猫冷冷一笑："耗子想玩猫，智商还差点儿！"

耗子痛苦地说出了最后遗言："我真后悔！"

松的问答

一、幼松问柳

春天，一阵大风过后，年轻的松树折枝脱叶，去找一棵年长的柳树诉说委屈。

幼松问柳："我从小洁身自好，为何春风不饶？"

柳反问："是否春风未到君先绿，抢了风头？"

松答："不，松树虽然四季青，新绿还待春风后。"

柳问："要么自恃清高，挡了风口？"

松答："不，身处下位，不争风流。"

柳说："君可知春风得意常带怒，谁不低头、弯腰、让路？"

松无言以对，怏怏而归。

二、老松论师

冬季伊始，大风突起，幼松伤痕累累，去见老松。

幼松问："冬风为何无故伤我？"

老松反问："知道松以谁为师吗？"

幼松摇头答："不知道。"

老松说："严师第一者，冬风也。"

幼松问："冬风狂带怒，令万木低头，何以为师？"

老松答："呼唤松树昂首挺立天地间。"

幼松问："冬风携严寒，令万木胆战，何以为师？"

老松答："激励松树傲骨长青对冰雪。"

幼松问："冬风无情，令我伤枝脱叶，何以为师？"

老松答："鞭策你早日屹立悬崖峭壁间。"

幼松点头，老松含笑。

一鼠胜两猫

一天，一只老鼠碰上了一只公猫。

猫说："你若能回答我一个问题，我就放你一条生路。"

鼠说："请问吧！"

猫问："兽之王称老虎，禽之王称老鹰，你算老几，居然也敢称老？"

鼠答："猫老爷，您弄错了！小辈我叫小耗子。"

猫问："你不是老鼠吗？"

鼠答："不，敢于自称老鼠的是我的上司。"

猫问："他怎么如此胆大妄为？"

鼠答："他最近下海经商，为了促销，到处打老字号的广告。"

猫感叹："做广告很花钱啊！"

鼠接话："他真不如拿那些钱孝敬您老人家。"

猫笑道："我就喜欢心口如一的耗子，你走吧！"

老鼠捡回了一条命。

又一天，同一只老鼠被母猫挡住去路。

猫怒斥："听说你改名叫小耗子！我最讨厌朝三暮四的老鼠！"

鼠说："猫太太，您弄错了！我叫老鼠。"

猫问："你不是小耗子吗？"

鼠说："行不更名，坐不改姓，自始至终我都是老鼠！"

猫问："那改名小耗子的是谁？"

鼠答："是我的邻居。"

猫问："他为什么弄虚作假，改名换姓？"

鼠答："他生意不好做，常常换招牌。"

猫怒道："换什么招牌，应当提高服务质量嘛！"

鼠接话："是！他真应当亲自登门到您家来服务。"

猫说："我就喜欢始终如一的老鼠，你走吧！"

老鼠又捡回了一条命。

老鼠满头大汗，立即回洞收拾行李。

鼠太太问："你干了什么坏事想逃？"

鼠答："快，快！受害者马上就到！"

全家抱头鼠窜，连夜转移。

两猫赶到洞口，发现没有动静。他们立即潜伏，等待捕猎时机。

公猫说："今晚我得弄明白老鼠为什么说假话！"

母猫说："其实我们最喜欢小耗子实话实说。"

直到如今两猫还在等老鼠出洞。

一粒米

柳荫下，两只蚂蚁发生了争执。

黄蚁说："这粒米是我发现的！"

黑蚁说："是在我家的大门口！"

话不投机，两蚁各自亮出了尖牙利齿。

蚁群闻讯赶来，个个挥舞着刀枪剑戟。

蝴蝶飞来劝和：

"快来跳舞吧，春天即随流水去！"

黄莺飞来劝和：

"一同歌唱吧，朋友相聚能几回？"

麻雀啼一声"罢了！"啄食了米粒而去。

黄蚁说："不，这口气难消！"

黑蚁说："不，难消这口气！"

双方喊声四起，忘却了昔日情谊，只斗得肢残体裂。

风声凄凄。

天已近黄昏，后援的蚂蚁队伍还在前赴后继。

如是说

鹰对鸟儿们说：

"空中是自由的！"

鲨对鱼儿们说：

"海里真潇洒！"

狮对野兽们说：

"草原全面开放！"

狼对羊说：

"杀死牧羊犬吧，我给你们以安全！"

得到阳光的大树对失去阳光的小草说：

"我给你们以庇护！"

听 海

海浪浩浩荡荡，

浪花载歌载舞，

海水兴高采烈，

讨论海的来龙去脉。

浪花问："我们从哪里来？"

海浪答："我们本是生命的摇篮。"

海水说："我们来自千沟、万壑、百川。"

浪花问："谁给我们以力量？"

海浪答："我们本是力量的源泉。"

海水说："我们依仗的是天下的风起、云涌、气流。"

浪花问："为什么风平浪不止？"

海浪答："那是我们潮汐的涌动。"

海水说："那是日月之威、天地造化之功。"

…………

海魂从海底发出笑声：

"妙！妙！

"是的，请记住！

"海自水滴来。

"海者，水也。

"水是海之体。

"水是海之魂。

"水是海之一切。

"无水便是一个土坑！

"水予海之恩无穷无尽！

"滴水之恩当涌泉相报！"

浪花笑："我愿意永远闪光！"

海浪笑："我甘心永远不知疲倦！"

海水笑："我们要为生命繁衍生息唱爱的赞歌，直到永远，永远！"

昆仑女神

第一章

话说太古之时，盘古行开天辟地之伟业，历经艰辛，"混沌初开，乾坤始奠。气之轻清上浮者为天，气之重浊下凝者为地"。又有女娲炼石补天，使天渐趋完整。那时"十日并出，草木焦枯"，后羿射日，十日九坠，于是大地趋于温和。

此时万神之神的天帝巡游天地间，目睹千山万壑遍布，戈壁沙漠横亘，树木花草俱无，飞禽走兽绝迹。他便起了慈悲之心，叹道："无边世界，朗朗乾坤，何等壮美！只可惜少了一些生气！唉，这如何是好？"

他的话音刚落，便有一朵白云飘来，化作一滴水珠，落到天帝展开的手心。天帝一看，水珠玲珑剔透，银光闪闪，心中甚是喜爱。他正要开口赞扬水珠，水珠却滑进了他的嘴里，并沿着血管进入了他的心里。他满心欢喜，甘甜清香流淌全身，他呼唤："珠儿出来！"水珠便又回到他的手心。他给水珠吹了一口气，水珠化为一位花季少女，银装素裹，面如彩虹，笑嘻嘻站在天帝面前。天帝问："珠儿为何不在天上，却来到地下？"珠儿反问："天父，今日是何日？"天帝不答。珠儿说："天父难道忘了？今日乃是水日！金、木、火、土俱备，五行缺一是什么？"天帝大喜："好！珠儿，从今往后，你便是水神！"珠儿笑问："水神所司为何？"天帝答："你便是百川之首、万水之发端，水之所至，千山葱茏，万物繁茂，鸟兽虫鱼欢悦，人类繁衍生息！"

水神又问："天地之大，我居何所？"天帝遥指一山，说道："珠儿你看，壮哉昆仑！千山之祖，万物尽有。百神之所，万水之源。那便是你的居所！"

天帝携水神至昆仑之巅，教她俯瞰大地："珠儿，你可随心所欲来往于千山万水之间，变万年古海为桑田，倾千顷甘露润河源。美哉，珠儿！天将降大任于是人也，必先苦其心志"。珠儿谨记！父归天庭，你留人间，从此告别！我赠你信香一炷，如事有紧急可燃香为信。"

水神送别天父，仍旧化作一朵白云，向南海飘去……

第二章

白云飘到南海，只见茫茫海水黑浪滚滚，一群巨龙正在厮杀，她便化作一只海鸥向龙群喊话："各位休要争斗！我有话要说！"

一条金色巨龙腾空而起，张开大嘴将海鸥一口吞进肚中。她在龙腹中翻滚三次，金龙疼痛难忍，吐出一滴水珠，却是一位美貌女子站立于浪尖之上，金龙惊问："你是何方女子，敢来闯我汪洋大海？"

女子答道："我乃昆仑水神，前来指引你们。"

"我们从未听过水神之说，如何能信？"

"天帝适才授我司水之职，岂有戏言？"

"那以何为证？"

"我的到来就是铁证，何须别的证据？"

金龙不服，大吼一声，群龙闻之即腾空出水，共有99条巨龙。他们将水神团团围住，个个张牙舞爪，正要向她扑来。水神直视金龙说道："润广！你是群龙之首，不带领群龙治水，却在这里厮杀争斗，已是罪不可恕！如今胆敢违抗天命，若酿成大祸，你便是罪魁祸首！"

金龙看着女子锐利的眼神，已十分畏惧。群龙之中竟无一龙敢于向前，双方对峙良久，金龙浑身战栗，略带哆嗦地说道："既然你是司水女神，那对我们有何话说？"水神轻柔地说道："从今往后，你们要改掉厮杀好斗的习性，要听我的指挥，各司其职，布云司雨！"

金龙辩解："适才我们并非厮杀争斗，不过闲极无聊，嬉戏玩耍罢了！今后愿听水神指挥！"

水神便升到空中，呼唤群龙运水上天，霎时乌云密布，日月无光。她又命东南两位风神，刮起东南两股暖风，将乌云送到昆仑山巅。于是电闪雷鸣，大雨如注，连绵数十日，千沟万壑变成河湖港汊，水网布满大地，树木花草生机盎然，鸟兽鱼虫欢跳活跃。她又化作杜鹃，带领群鸟，从南到北，从东到西，一路啼叫，呼唤人类珍惜雨水，不误农时，赶紧"布谷"。于是到处麦苗青青菜花黄，五谷丰登有余粮，人们安居乐业。

如此，光阴似箭，日月如梭，大地沐浴着一团和气。

水神看到这风调雨顺的情景，心中自是高兴。偶尔传出洪水泛滥、良田被淹、人兽溺水，她便叫停雨水。不久又传出旱灾的消息，她便恢复司雨。后来，洪旱两灾的消息更加频繁。她也日复一日地更加忙碌。如此反反复复，终年奔波，她深感疲惫，且灾害交替出现，令她寝食不安。这一天，她思念天父，便燃点信香，祈求天父指引。她跪拜道："天父，珠儿无能，终不能使洪旱两灾平息，请求天父明示！"从天空传来天父的声音："珠儿，你为人间福祉殚精竭虑已经千年，终是功德无量！我再传你一法，水有三态，你只运用了云雨两态，这第三态就是冰川，如今昆仑冰川就在你的脚下！"

水神叩谢天父，抬头一看，果然整个昆仑白雪皑皑，山舞银蛇，原驰蜡象，好一派冰川景象！她兴高采烈，又蹦又跳，对天呼喊："感谢上天，我有冰川，何愁旱涝！旱则司雨，涝则结冰！美哉，美也！"她脱去装束，将自己融化在一片昆仑冰雪之中！

第三章

水神一觉醒来，已是百年之后，她伸开双臂拥抱蓝天，亲吻昆仑之巅，放眼四面八方，只见朝霞满天，瑞气遍地。

此时，一群白鸽向她飞来，嘴衔书信。她拆开一看，都是人类对她的感激之情，其中一封说道："上善若水，水善利万物而不争，处众人之所恶，故几于道。"她心中欢喜："知水者，此其人！"她举目寻找，只见那人骑着青牛朝西而去。

她又取信一封，拆开一看，是一本未完之作，书名《水经》。她惊叹："懂水者，莫过此人！"。

水神又看了几封，不禁感动万分，正是心潮澎湃之时，忽有隐约可见之乌烟瘴气从四面升起。她令白鸽飞去看个究竟，又见有鹫群飞来，她忙问何故，一老鹫答："见有三头怪兽，不知从何而来，鸟兽人等皆惊恐！请水神指点！"

水神化作白云赶赴那里，果然有三头奇形怪状之物扑向众生，似在吞噬树木花草。众生骇然，四散逃窜。三怪见水神来，忽然消失，更不知其去向。水神十分惊讶，百思不解，于是燃点信香禀报上天，她跪拜道："天父，珠儿与天父梦中相聚已过百年，醒来万民来贺，正在喜悦之时，忽见三怪出没，不知为何物，祈求天父指点。"天空即有回音："珠儿，所谓悲喜交加，祸福相随，此物非他物，乃你之功而人之过也！"水神又问："珠儿愚钝，请天父明示。"天帝答："此三怪者，非天生，而人造、地产也！天难以驯服，其未来在人不在天。珠儿好自为之！"

水神再问，天帝不答。她于是谢天帝，回昆仑冥思去了。

第四章

水神在昆仑洞府沉思三日，仍未明其究竟为何。

忽听老鹫嘶鸣，她即走出洞外，见三怪又升向空中，离此地不过数百里，她便化成白云，直抵三怪所在之处。三怪避之不及，便合成一体，变成一个巨大的黑团，无头无尾，无首无足，似烟似雾，似脓似血，将白云紧紧裹住，水神顿觉恶臭难闻、窒息难忍。她忙聚集成一滴水珠，连滚三滚，又滚三滚，再滚三滚，使尽浑身解数，方使黑团松绑。黑团飞速逃遁，不知去向。

水神身心疲惫，化成白云回到昆仑，闭目再思，片刻，恍然大悟。她走出洞外，燃点信香，兴高采烈地伸展双臂，向上天呼喊："天父伟大！珠儿感谢天父两次示意，教我茅塞顿开！"天帝回话："恭喜珠儿！珠儿好自为之！"

水神正要返回洞府，却有一老者求见，口称："恭喜，恭喜！"她满面笑容相迎："不知圣人驾到，未能远迎！"老者笑道："偶尔闲游到此，幸遇天神开悟，特来祝贺！"水神说："圣人见笑了！"

老者问道："适才我见天神与三怪周旋，不期三怪合一，竟使天神几乎窒息。天神司水，水可适应万物，如何能被窒息？我料三怪必能致万物枯竭而死！此三怪竟是何怪？"

水神说："三怪不怪，实为天帝所设，为使小神开化，感化众生也！"

"虽天帝所设，却应有名，天神可知？"

"此怪名噬，乃吞噬之意。噬有三类，曰'噬他''噬己''噬尽'，三怪合一，即毁灭。"

"噬由何来？是天成，或地就，或人造？"

"与天地无关，却是人造，与小神也有些瓜葛，惭愧了！"水神笑道。

"愿闻其详！"老者亦笑。

于是水神说道："小神司水，自诩为了众生福祉，不料事能如人愿，亦能违人意，水也有其另一面。原来水丰则植茂，植茂则兽多，植茂兽多则人繁殖，唯人繁殖无度，则贪婪无边，是为始料不及！万物遵天道，因饥饿而觅食，而唯有人违天道，不仅觅食，还贪得无厌，吞噬永无休止。先噬他，吞噬一切植物动物。次噬己，相互吞噬。后噬万物。此三怪，非天成，乃人为，大地之外不可见。"

老者笑问："既如此，此三怪如何应对？"

水神说："故天父明示，天难以令其驯服，未来不在天，而在人！"

老者起身说："好，好！就此告辞！"

水神挽留："小神恭请圣人赐教，如何唤醒人类的真知？天可无为，人应有所为！"

老者答道："有所为，有所不为。"

水神问："何谓不为？"

"不噬。"

"如何能不噬？"

"不贪。"

"如何能不贪？"

老者不答，却用手指向远方，那里正有一女子伏案写作。水神认识此女，正是送来《水经》之人。

于是老者化为清风而去，水神沉思片刻，心中喜悦，自言道："圣人指点却也及时，吾将天父演示三怪之苦心托梦给那女子，托她广而告之。人间之事由人，人的未来不在天，全在人。"

多彩神话

盘古始祖，双斧开天辟地。
女娲娘娘，孤身补天造人。

轩辕氏，驾长车驰骋中原。
神农氏，尝百草救助万民。

嫦娥奔月，是对月的向往。
后羿射日，是对日的再造。

精卫填海，是对海的挑战。
愚公移山，是对山的征服。

美哉，中华神话异彩纷呈！
壮哉，民族精神光辉灿烂！

望金字塔

壮哉！

金字塔，

果然无与伦比。

在你之上能有什么？

只有天。

天又是什么？

是时间的无始无终？

是空间的无边无际？

而你，

金字塔，

就是宇宙之笔！

将远古的智慧，

铭刻在苍茫大地，

向苍天，

发出永恒的信息。

玄妙的造化，

造就万物之灵——

人，

这个有形世界的灵气！

看，

人潮川流不息，

从每个角落，

涌向这里。

瞻仰、崇拜，

探索、寻觅，

追思遥远的过去，

呼唤更加遥远的未来。

多少双眼睛凝视着永远望不见的天，

传递的是一个亘古之谜，

金字塔，

人类的大智大慧！

你从哪里来？

又走向哪里？

你可以找到伴侣吗？

在那无数的行星、恒星，乃至星系！

观维多利亚瀑布

慕名不远万里行，
忽闻脚下起雷声。
地裂千丈悬河涌，
天坠九霄云雾吞。
霓隐虹现晴日雨，
龙飞凤舞谷底风。
处处白发水帘洞，
翻江倒海永不停。

海底游

登舱入海成仙翁，

居高临下水晶宫。

鱼鳖沉浮各自在，

石礁错落俱玲珑。

浅底皑皑雪初降，

深谷幽幽雾正浓。

最奇珊瑚无尽处，

层层叠叠景无穷。

今日方知水中美，

不到海底不识梦。

拉丁美洲的女子

在这遥远的地方，

女子多奇！

探戈，

桑巴，

伦巴，

恰恰，

歌的世界，

舞的海洋，

何等飘逸，

多少婀娜！

仿佛万紫千红的鲜花，

遥相辉映灿烂的晚霞，

以浓墨重彩，

把世界描绘得如诗如画。

在这大千世界，

我看到普天下女子的绚丽。

她们，

用千姿百态的美，

打扮人间，

才有那

彩云照天，

百花争妍。

她们，

把最伟大、最原始的爱，

播撒到每个人的心底，

才有那

日月生辉，

江河行地。

她们，

使这个从远古走来的星球，

多姿多彩，

生机勃勃。

敢问浩瀚宇宙：

最美好的星球难道不是我们这片土地？

游好望角

昔日英雄斩恶浪，

扬帆万里觅通航。

珠宝滚滚金银地，

绿野无垠新边疆。

绝唱郑公来复去，

皇恩浩荡播远方。

而今我辈登云顶，

舒臂拥抱三大洋。

摆摊的女孩

时光，

为什么在这儿停留？

这片洒满阳光的国土。

很久以前，

我乘兴漫游。

那时节，

山青，

水绿，

屋矮，

人瘦。

一个小女孩，

守着一个地摊，

摆着几件物品，

向过往的游客兜售。

她那本会撒娇的眼神，

灿烂的天真，

暗淡了，

闪烁着对人间的哀求。

如今，

已是 20 年后。

山青，

水绿，

屋矮，

人瘦，

依稀同一个小女孩？

原地未走？

咦！

果然是上个女孩的女孩，

女承母业！

她那本应在课堂上举起的小手，

依旧伸向了无边无际的忧愁。

拜年

春节忙拜年，

人人道恭喜。

朋友会朋友，

亲戚走亲戚，

同学请同学，

关系找关系，

领导慰基层，

百姓互作揖，

还有团体拜，

老少皆欢喜，

千年老传统，

如今添新意。

春与秋的故事

一、春燕

春天来了，

春天在哪里？

燕子——

春的使者，

飞越漫长的冬天，

从遥远的南方，

带来了温暖的信息。

她，

翅不停飞，

嘴不停啼，

终于唤醒了千草百花，

迎来了风和日丽，

使久眠的北方焕发新的生机。

于是，

风筝——

春的信使，

离开终年休闲的墙壁，

跟随主人，

来到黄金地，

随风直上青云，

把红红绿绿的广告，

飘洒在蓝天里。

引来阵阵喝彩声：

"啊！春天在这里！"

然而，

燕子依然，

翅不停飞，

嘴不停啼，

向着更远的北方——

那些依然寒冷的土地。

二、秋蝉

秋凉了，

燕子同蝉话别。

燕子：

我们一同歌唱的夏天过去了，

我们一同到温暖的南方吧？

蝉：

不！我要留下继续歌唱。

燕子：

秋后不属于我们，

为什么还要歌唱？

蝉：

我要歌唱大地，

我从大地而来，

我将回归大地。

燕子：

那又怎么样？

蝉：

我的子孙深居大地，

我为他们唱摇篮曲。

燕子：

但愿我们来年再相会。

蝉：

不！来年同你一起歌唱的将是我的后代。

秋夜已静，

燕子远去，

蝉声更急——

悠长的歌声随着清凉的风，

向大地传递着它深情的向往。

三、落叶

秋天的落叶，

色彩斑斓，

散乱无章，

随风四处起舞，

行踪何其匆忙！

蝉儿问落叶：

是在寻找春的灿烂，

还是夏的辉煌？

是在走向冬的凛冽，

还是泥土的芳香？

落叶答：不，不！

不是追求既往，

不是寻找失去的方向。

是随风逐流水，

是卷入千层浪，

是回归大海。

那是众生终极的故乡，

拥抱这万古不变的无常。

端午节

一

端午本是诗人节，

悲歌声中显忠烈。

从来文人多奇志，

红霞飘处多豪杰。

二

朗朗乾坤，

斗转星移，

千古英名与天齐。

粽子佳节，

万民奋起，

龙舟群雄争高低。

酒正酣，

四海兄弟聚首，

纵论中华情谊。

果香珠海

暖风吹拂云渐开，

香从天上来。

木瓜染黄，

芭蕉起舞，

椰林如海。

百果竞艳南海岸，

荔枝谁不爱？

海泉喷雾，

瑶池下凡，

人间开怀。

你　看

你看，

我们的同胞正在展翅飞向天外！

你听，

天地之间的对话正在天外展开！

你凝视天空，

是在寻找接近火星的中国飞船，

还是寻找中国准备登陆的月球？

你聆听四周，

青山脚下，

清水塘边，

读书声悦耳自在！

你放眼观赏，

朵朵移动的鲜花，

那是运动场上的风采！

你看，

闪电划过辽阔的田野，

那是驰骋的高铁，

跨越时代匆匆开来！

你听，

铁牛隆隆粮仓似千山凸起，

蛟龙滚滚直扑万里深海！

你听，

有听不完的笑语欢歌！

你看，

有看不完的时代精彩！

……

邛海赋

正值儿童佳节，

岁在壬辰仲夏之初，

游于西昌邛海之滨，

恰逢善行凉山启动。

在观嫦娥三号飞天之余，

结伴老少义工十余人，

步羊肠田埂小道，

初次寻访名水。

见远山环抱，

青云妖娆，

碧水荡漾，

湿地百里，

顿感天宽地阔，

心旷神怡。

更有稻田新绿阡陌纵横，

灰瓦白墙隐居山林之间，

忽闻零星鸡鸣，

偶见白鹭飞天，

引客入梦童年，

正是滚滚长江东逝水，

无限时空任驰骋。

高铁赞

银甲飞龙快如风，
助我一日成仙翁。
丽水秀山观不尽，
桃源不是在梦中。

北戴河

一、山海关晚霞

东观沧海雾朦胧，
西眺远关万里红。
游云绕山浮千岛，
彩虹飞天唱《大风》。

二、海边观鸟

天水一色日初升，
前呼后应鸟成群。
今朝共享鱼虾宴，
来日比翼万里行。
莫道人间真善美，
谁解鸟儿结伴情？

桂林行

一、漓江漂流

竹筏载客三四人，
顺流漓江五六里。
曾记儿时七八友，
十有九日水中戏。
年少哪知水有价，
老来寻水不余力。

二、西街之夜

异国曾见狂欢节，
满城歌舞天不黑。
如今偶入西街夜，
万家灯火无人歇。
天下锣鼓会漓江，
四海欢笑都是客。

三、漓江渡口

群峰环抱一湖水，

疑似西天王母池。

昔日必引群仙至，

天上人间会有时。

如今召来四方客，

相逢胜景恨来迟。

人人点赞漓江水，

渡口理应数第一。

丽水行

一、下榻畲族村

畲族余脉几家人，
绿树丛中一小村。
青山环抱一池水，
游客到此喜迎门。

二、大港头古樟

千年古樟有奇容，
雷砍电劈五脏空。
冠似华盖舍利骨，
俯瞰瓯江独葱茏。

三、畲族梯田

畲人沿山造梯田，
拔地通天逾千年。
如今荣冠旅游点，
老牛耙地当演员。

四、宝剑产地

龙泉剑客多佳话，
行侠仗义走天涯。
如今持剑起舞者，
鹤发童颜老人家。

漠　河

儿时初闻漠河名，

疑似天河一颗星。

如今亲吻漠河土，

原是我家北大门。

回首遥望中华地，

曾母暗沙是南门。

寸土寸水保祖业，

横刀立马子弟兵。

攀　登

一、峨眉山顶

攀了一山又一山，
离天只有三尺三。
亲吻蓝天观世界，
风起云涌流百川。

二、天柱山顶

东西南北四面风，
红霞一洒满长空。
群山点点落大地，
昂首呼啸我为峰。

烟台之夜

忽临大海望无边，
伸手揽月居云间。
不期偶聚蓬莱客，
茶叙散尽众神仙。

观爨底下

　　土砖青瓦立石璧，
　　依沟傍壑比山齐。
　　枯树昏鸦昔日景，
　　身居云雾无处觅。

候机室

无聊翻书多无味，
有意读报少消息。
信步穿行闲人处，
个个埋头看手机。
忽闻楼下雀声起，
追逐明星拍照急。

回乡有感

一、归来

梦里常回小山村，
最爱江边观巧云。
如今不识儿时路，
误入高雅别墅群。

二、兄弟相会

八十相会流芳岭[①]，
严西湖[②]畔论古今。
沧桑人世如江水，
思源最念父母恩。

三、忆武昌

曾记武昌长街秀，
蛇山顶上黄鹤楼。
俯瞰大江茫茫水，
百舸穿梭争上游。

---

① 流芳岭为原武昌区地名。
② 严西湖为原武昌区地名。

谢友人赠书

一、摇铃儿

大雪过去天放晴，

一年一度又迎春。

今年迎春添一喜，

恭贺老友成诗人。

昔日同窗明其事，

如今读诗知其情。

大事小事几多事，

苦情乐情君多情。

墨浓常写日月美，

笔淡偶笑浮云轻。

喜欢大雁自己飞，

不屑风筝上青云。

风花雪月皆入画，

酸甜苦辣俱是文。

胸怀坦荡是君子，

笔下生花即斯文。

人才文才两齐备，
喜看大器可晚成。

二、筛月楼

读君赠诗话友谊，
岁如流水景如织。
岱岳有情山水笑，
那是你我相识日。
君有博学满五车，
我居一方仅一时。
有君识途常指点，
助我无知路不迷。
忙时不忘问冷暖，
闲日纵横话无题。
评古论今觅大道，
谋国为民立意奇。
当年年富力亦强，
如今体弱志不移。
风吹云动天高远，
浪打船移地屹立。
但凭云水多变幻，
天长地久唯友谊。

笑说美食

君爱美食休发愁，
在下为你做导游。
俄国大菜红菜汤，
法国名厨烧蜗牛。
美式早餐干面包，
英式烤鱼伴土豆。
比萨肉饼馅在外，
汉堡馒头内夹肉。
印度饭菜一把抓，
日本生鱼生菜蔬。
墨宴蚁蛋属美味，
巴西烧烤全牛肉。
吃了欧洲吃美洲，
非洲亚洲大洋洲。
吃遍世界口问心：
哪家美食胜一筹？
左思右想无悬念，
愿回老家喝稀粥。

珍惜友情

一、会友

三生万象本无一，
相逢人海岂人意？
踏破铁鞋无觅处，
会涉天河求相知。

二、老友

三字经，老友听，
这剂小方说得清。
不吃药，不打针，
胜似神医先治心。
吃好点，玩好点，
痛痛快快活一生。

三、慰问

千里奔波千般情，
一路无眠一片心。
但凭筋疲力不尽，
只缘深山有亲人。

赞友人抗疫

一、净土

君居净土胜天堂，
乌云深处最阳光。
百毒不侵空自在，
笔下生花万里香。

二、瑞雪

瑞雪换装新世界，
玉宇澄清万里埃。
饮清食露云端处，
一朵莲花本如来。

三、平安

君居仙岛水连天，
远离闹市车马喧。
云中送去花一束，
祝君平安赛神仙。

赞友人诗

一、诗如彩云

与世隔绝天外天，
奇女遨游赛天仙。
摘来彩云千万朵，
编成天书留人间。

二、梦中观天

心有灵犀心连天，
梦中观天天无边，
何处寻觅人间美，
云中婆娑舞翩翩。

读 禅

一、识禅

人在禅中不识禅，
犹如鱼虾不知水。
禅性空空处处在，
大海浩瀚无首尾。

二、改句

春有百花秋有月，
夏有凉风冬有雪。
只缘心头无闲事，
天天都是好时节。

重读古典名著新得

一、《红楼梦》一场空

林黛玉

孤芳傲雪梦自冷，

梦断潇湘念故人。

葬花欲祭无人葬，

焚诗未了一丝情。

贾宝玉

红楼梦主梦难醒，

怜香惜玉泪未停。

一朝梦断潇湘馆，

不闻哭声闻钟声。

薛宝钗

天生丽质冠群芳，

无缘初梦伴君王。

再梦又失红楼主，

梦醒一路唯悲凉。

凤姐

机关算尽最聪明，
红楼女杰第一人。
聪明反被聪明误，
家亡人散玉香消。

二、《三国演义》半场空

诸葛亮

卧龙不卧出山林，
三分天下争一分。
扶完老主扶幼主，
不见汉中日沉沦。

曹操

挟持天子令诸侯，
横槊高歌震九州。
岂料赤壁火光起，
一江豪气付东流。

刘备

帝胄一线称嫡系，
复国一路泪湿衣。
众星陨落天已暗，
后继无人空悲泣。

周瑜

少年得志气如虹，
群英会上压群雄。
大战告捷心生怨，

一腔热血喷长空。

三、《西游记》四大皆空

孙悟空

一根棍子闹翻天，

八卦炉里受熬煎。

五行山下出头日，

八十一难赴西天。

猪八戒

不悔当年戏嫦娥，

凡间来干苦力活。

心中难舍高老庄，

无奈西天罗汉果。

沙和尚

轻罪重判落凡间，

崎岖征途最寡言。

一心牢记菩萨语，

万般吃苦结善缘。

唐僧

取经救苦诺千金，

何惧万里群魔狰。

权钱美色孰可忍，

西天小费最心惊。

居家乐

一、早晨

阳光一线照窗前，
赠我一日好清闲。
清茶一杯独自饮，
天外白云望无边。

二、浇花

养花三两盆，
细水常浇根。
浇花如交友，
四季皆是春。

三、读书

清茶一杯读闲书，
古今故事任有无。
手机不费吹灰力，
偶留心得四五句。

四、归来

闻莺已离柳浪边，
歌声悦耳迎窗前。
我家院子添新鸟，
嘴与江南一样甜。

潭　声

蓝天有云，云薄且稀。

燕地有潭，潭水清凉。

天地造化，风雨随归。

源涌遂出，潭溢随流。

既得精气，神亦充足。

一泻千里，不识归途。

心系往日，深林幽幽。

瞻望前程，沧海悠悠。

幽幽悠悠，无怨无忧。

融入大海，回归宇宙。

后　记

　　这是一位宽厚慈善的长者，从领导岗位退休后，年近九旬，仍思维敏捷，心态开放，坚持思考，笔耕不辍。近些年来，他更是学习使用电脑和智能手机，一笔一画、一字一句，将自己日常的所思所感，结集成书。

　　这本书，谈天，说地，聊人生，讲故事，诵诗歌，轻舒漫谈，娓娓道来，纵横天南海北。书中有对自然的尊重，有对人性的体察，也有对智能手机、网约车等新事物的感悟，承载着一位长者对沧桑历史、世间万物的思索，对国家、民族、土地、人民的深沉热爱，对年轻一代以及未来的殷切期待。书中蕴藏着丰富的人生大智慧。